KB051512

신채호 말꽃모음

이 도서의 국립중앙도서관 출판시도서목록(CIP)은 e-CIP홈페이지(http://www.nl.go.kr/ecip)에서 이용하실 수 있습니다. (CIP 제어번호: 2017011574)

신채호 말꽃모음

2017년 6월 10일 초판 1쇄 펴냄

글쓴이 | 신채호

엮은이 | 이주영

펴낸곳 | 도서출판 단비

펴낸이 | 김준연

편집 | 최유정

등록 | 2003년 3월 24일(제2012-000149호)

주소 | 경기도 고양시 일산서구 일중로 30, 505동 404호(일산동, 산들마을)

전화 | 02-322-0268

팩스 | 02-322-0271

전자우편 | rainwelcome@hanmail.net

ISBN 979-11-85099-94-1 03810

* 책값은 뒤표지에 있습니다.

신채호 말꽃모음

신채호 글 · 이주영 엮음

단비
danbi

단재 신채호(1880.11.7.-1936.2.21.)라는 이름은 국민 대부분 알고 있을 겁니다. 초중등학교 때 교과서를 통해서 독립운동가나 역사학자로 외우니까요. 신채호 인물이야기를 책으로 읽은 사람도 꽤 있습니다. 그러나 쓰신 글을 직접 읽은 사람은 많지 않습니다. 《조선상고사》, 《조선사연구초》, 역사론, 문학론, 소설, 시, 인물이야기를 비롯해 많은 글을 쓰셨습니다. 1972년에 3권으로 엮은 전집이 나왔고, 1977년에 별책을 한 권 더해서 4권으로 개정판이 나왔고, 2008년에 목록까지 총10권으로 전집이 나왔습니다.

일반인이 전집을 읽는 건 쉽지 않습니다. 순 한문으로 쓴 글도 있고, 국한문을 섞어 쓴 글도 어려운 한문이 많아서 읽기가 어렵기 때문입니다. 한글로 쓴 시나 소설도 따로 소개된 경우가 많지 않으니 찾아보기 어렵습니다. 그래서 〈꿈 하늘〉 〈용과 용의 대격전〉을 비롯한 소설을 어린이와 어른 누구나 읽기 쉽게 풀어쓰기를 하고, 청소년과 어른들이 보기 쉽도록 단재 사상을 엿볼 수 있는 말꽃모음을 만들었습니다. 100년 전 우리 겨레 조상님들이 어떤 마음과 생각으로 역사 발전을 위해 자기 생명을 기꺼이 바쳤는가를 알 수 있을 것입니다.

내가 신채호 전집을 읽은 건 대학생 때입니다. '거멀못'(전봇대를 올라갈 때 쓰는 못 이름)이라는 학생운동 단체에서 운영하는 남춘천재건학교 교사를 하면서 유경선, 김영수, 박준성, 최문순을 비롯한 거멀못 동기 몇 명이 '태백문화촌'이라는 소모임을 만들어서 1년 정도 공부를 했는데, 내가 맡은 일이 신채호 전집을 먼저 읽고 가서 발표하는 것이었습니다. 역사학자이신 조동걸 교수님이 춘천교대에 계셨기 때문에 읽다가 모르는 걸 언제든 쫓아가서 설명을 들을 수 있었기에 가능했습니다.

1977년 개정판 전집을 원본으로 삼은 까닭은 당시 공부했던 책이라서 다시 읽기가 쉬웠기 때문입니다. 그런데도 40년 전에 읽은 책이라 다시 옥편을 찾아봐야 하는 경우도 많았습니다. 일단 옥편에 나오지 않거나 요즘 잘 쓰지 않는 한자는 우리말로 풀었습니다. 읽는 데 좀 걸림돌이 되더라도 뜻을 이해하는 데 도움이 되겠다 싶은 한자는 괄호 안에 넣었습니다. 대부분 문장 단위로 골라냈지만 꼭 소개하고 싶은 내용인데 번잡한 글은 중간 문장을 잘라 내거나 아예 흔들어서 간추린 경우도 있습니다. '-'는 중간 문장을 잘라 낸 것이고, 원문 표시가 2~3쪽인데 '-'표시가 없는 경우는 간추린 문장입니다.

이 책이 단재 사상을 이해하고, 단재 사상에 가까이 가는 징검다리가 될 수 있기를 소망합니다.

단기 4350년, 대한민국 99년(2017) 5월 1일

제95회 어린이해방선언일을 기리면서 이주영 씀

| 차례 |

丹齋

01

'나'란 무엇인가?

前後三韓考 三編 十八章은 昨年여름에 나의
던가 한창 장마 甚한 때 北京 某佛寺에서 滯留
이며 대개 數十日의 工夫로써 著作한것이다 勿
史料의 搜集과 研究의 努力은 그 數十日동안의
이다 한 것은
且 小兒 養活의 艱難은 甚酷하야 無適
마다 보채는 입은 듣는데 막는 마개로 쓴게 된것

1 한 나라 생각

나는 네 사랑

너는 내 사랑

두 사랑 사이 칼로 썩 베면

고우나 고운 핏덩이가

줄줄줄 흘러내려 오리니

한 주먹 덥석 그 피를 쥐어

한 나라 땅에 고루 뿌리리

떨어지는 곳마다 꽃이 피어서

봄맞이 하리.

* 책에 따라 '칼로써' '칼로 써'로 되어 있으나 나는 '썩'으로 봄.

2 '큰 나'와 '작은 나' 1

왼편에도 하나 있고 오른편에도 하나 있어서

가로 놓이고 세로 놓인 것을 나의 눈귀라 하고,

위에도 둘이 있고 아래에도 둘이 있어

앞으로 드리운 것을 나의 팔다리라 하며,

벼룩이나 이만 물어도 가려움을 견디지 못하는 것을

나의 살갗이라 한다.

이런 것을 합하여 나의 '몸'이라 하고,

이 몸을 가리켜 '나'라 하나니,

오호라 내가 이리도 희미하며

이같이 작은가.

3 '큰 나'와 '작은 나' 2

몸은 정신의 나가 아니며 물질의 나이며, 참나가 아니라 껍질의 나이며, 큰 나가 아니라 작은 나이다. 이런 물질, 껍질, 작은 나를 나라 하면 반드시 죽는 나라 할지어다. 이 물질과 껍질로 된 작은 나를 뛰어넘어 정신과 영혼으로 된 참나를 쾌히 깨달으면 죽지 아니하는 나, 만물은 죽어도 죽지 않는 나, 천상천하에 오직 내가 홀로 있다.

4 '큰 나'와 '작은 나' 3

작은 나는 죽는데 큰 나는 어찌하여 죽지 않는가. 큰 나는 곧 정신이며 사상이며 목적이며 의리다. 이는 막힘이 없는 자유재한 나다. 이런 큰 나는 가고자 하면 반드시 가는 데 멀고 가까운 곳이 없이 갈 수 있고, 하고자 하면 반드시 이룰 수 있고, 역사책에 없어도 천만년 이전이나 이후에 없는 때가 없으니 누가 나를 막으며 누가 나에 맞서리오.

5 '큰 나'와 '작은 나' 4

내가 국가를 위하며 눈물을 흘리면 눈물 흘리는 나의 눈만 내가 아니라 천하에 같은 마음으로 눈물을 뿌리는 자-모두가 나이며, 내가 사회를 위하여 피를 토하면 피를 토한 나만 내가 아니라 천하에 값있는 피를 흘리는 자-모두가 나다.

6 '큰 나'와 '작은 나' 5

세계에 뛰어난 영웅이나 천명을 아는 성인이나, 단장한 미인이나, 재주 있는 선배나, 황금이 산같이 있는 부자나, 세력이 온 천지를 흔드는 귀인이나, 하늘이 정한 한 번 죽는 것이야 어찌하리오. 그러니 반드시 죽는 나를 보면 마침내 죽을 것이요. 죽지 않는 나를 보면 반드시 죽지 아니할 것이다. 그러니 반드시 죽는 나를 생각지 말고 죽지 아니하는 나를 볼지어다.

7 '큰 나'와 '작은 나' 6

반드시 죽는 나를 보면 마침내 반드시 죽을 것이요. 죽지 아니하는 나를 보면 반드시 길이 죽지 아니하리라. 나의 이런 생각이 어찌 철학의 공상에 의지하며 세상을 피하는 뜻을 높임이리오. 다만 우리 중생을 불러서 본래 면목을 깨달으며, 살고 죽는 데 관계를 살피고, 쾌활하게 앞으로 나아가다가 작은 내가 죽거든 큰 나는 그 곁에서 조상하며, 작은 내가 탄환에 맞아 죽거든 큰 나는 그 앞에서 인사하며, 나의 영원히 있음을 축하하기 위함이다.

8 '큰 나'와 '작은 나' 7

'작은 나'는 죽지만 '참나', '큰 나'는 죽지 않는다. '참나'와 '큰 나'를 깨달으면 '생각하는 나'가 된다. 이렇게 되면 초목은 죽어도 '나'는 죽지 않으며, 해와 달은 죽어도 '나'는 죽지 않으며, 쇠와 돌은 죽어도 '나'는 죽지 않으며, 깊은 바닷물에 던져도 소아(小我)는 죽어도 대아(大我)는 죽지 않는다. 천상천하(天上天下)에 유아독존(唯我獨尊)한다.

9 아(我)를 넓히다. 1

아(我)란 3계의 빛이요 만물의 주인이다. 아(我)가 망하면 아(我)가 죽으며, 아(我)를 마음으로 생각하면 아(我)가 태어나며, 흥망성쇠가 아(我)에 있으며, 강약우열이 아(我)에 있으니 아(我)가 어찌 아(我)를 스스로 낮추며, 아(我)가 어찌 아(我)를 스스로 작다 하리오.

10 '나'와 '나'의 싸움

의심과 무서움이 5월 하늘에 구름 모이듯 하더니 드디어 몸과 마음에 이상한 일이 일어난다.

오른손이 저릿저릿하더니 차차 길어져 어디까지 뻗쳤는지 그 끝을 볼 수 없고, 손가락 다섯이 모두 팔 하나씩 되어 길길이 길어지며, 그 손끝에 다시 다섯 손가락이 나더니 그 손끝에 다시 손가락이 나며, 아들이 손자를 낳고 손자가 증손자를 낳으니 한 손이 몇 만 손이 된다.

왼손도 여기 보란 듯이 오른손대로 되어 또 몇 만 손이 되더니, 오른손에 달린 손들이 낱낱이 푸른 기를 들고, 왼손에 딸린 손들은 낱낱이 검은 기를 들더니, 두 편으로 갈라 싸움을 시작하는데, 푸른 기 밑에 모인 손들이 일제히 범이 되어 아가리를 딱딱 벌리며 달려드니, 검은 기 밑에 모인 손들은 노루가 되어 달아나더라. 노루가 달아나다 큰물에 막히니 고기가 되고, 범이 뱀이 되어 쫓아가니, 고기들은 껄껄 푸드득 꿩이 되어 날아간다.

꿩이 매가 되어 도망가니 뱀은 아예 불덩이가 되어 매를 치니 매가 조각조각 나서 부서진다. 이 싸움이 손끝에서 난 싸움이지만 한 놈의 손끝으로 말릴 도리가 없다.

11 아(我)를 넓히다. 2

이 나라는 나의 나라이니,

이 나라가 존재하게 할 자도 나요

흥하게 할 자도 나다.

이 국민은 나의 국민이니,

이 국민을 지킬 자도 나요

배반할 자도 나다.

이 종족이 나의 종족이니,

이 종족을 보호할 자도 나요

강하게 할 자도 나다.

이 세계는 나의 세계이니,

이 세계를 안전하게 할 자도 나요

구할 자도 나다.

12 '나'와 '나'의 만남

'나'와 '나'의 무서운 싸움을 보던 무궁화 송이가 혀를 차며 말한다.

송이 : 애달프다! 쇠가 쇠를 먹고 살이 살을 먹는단 말이냐!

한 놈 : 무슨 말씀입니까? 언제는 싸우라 하시더니 이제는 싸우지 말라 하십니까?

송이 : 싸우려거든 내가 남하고 싸워야 싸움이지 내가 나하고 싸우면 이는 자살이요 싸움이 아니다.

한 놈 : 나란 말은 무엇을 가리키는 말입니까? 눈을 크게 뜨면 우주가 모두 내 몸이요, 작게 뜨면 오른팔이 왼팔더러 남이라 말하지 않습니까?

송이 : '나'란 범위는 시대에 따라 줄고 느나니, 가족주의 시대에는 가족이 '나'며, 국가주의 시대에는 국가가 '나'라, 만일 시대를 앞서가다가는 발이 찢어지고, 시대를

뒤져 오다가는 머리가 부서지나니, 네가 오늘 시대가 무슨 시대인지 아느냐?

한 놈이 이 말에 크게 느껴서 감사한 눈물을 뿌리고, 왼손으로 오른손을 살며시 만지니 다시 전날의 오른손이요, 오른손으로 왼손을 만지니 또한 전날의 왼손이더라.

상해 시절

丹齋

02

역사란 무엇이냐?

或移動은 不得하는 이는 (本草가 變成 잘못된

以外라 할지라도 研究의 基礎와 方法이 彼此지

않上에는 자랑히 本書全部는 否認함은 可하나

의 加減或移動은 不可할사임)

~~[illegible]에는~~ 前稿를 因하야

日前 日前 받자와 便에 付送한 序文은)

[illegible]하시요 原本草앞에 새로 自序敍를

十十頁合計 (七一五三) 年十二月 日 閔

13 역사란 무엇이냐?

역사란 무엇이냐.

인류 사회의 아(我)와 비아(非我)의 투쟁이

시간부터 발전하며 공간부터 확대하는

심적(心的) 활동 상태를 기록한 것이다.

세계사라 하면 세계 인류가

그리 되어 온 상태를 기록한 것이며,

조선사라 하면 조선 민족이

그리 되어 온 상태를 기록하는 것이니라.

14 무엇이 나고 무엇이 남인가?

무엇을 아(我=나)라 하며, 무엇을 비아(非我=남)라 하는가? 무릇 주관적 위치에 선 자를 아(我)라 하고, 그 바깥에 선 자를 비아(非我)라 한다. 조선인은 조선을 '나'라 하고, 다른 나라를 '남'이라 한다. 다른 나라는 각기 자기 나라를 '나'라 하고, 조선을 '남'이라고 하는 것이다.

15 나 안에도 나와 남이 있다.

무엇이든지 반드시

중심인 '나'가 있으면,

나와 맞서는 '남'이 있고,

나 안에도 나와 남이 있다.

마찬가지로 남 안에도 또 나와 남이 있다.

16 역사가 되려면 상속성과 보편성이 필요하다.

나와 나의 상대가 되는 남의 나도 역사적인 나가 되려면 반드시 두 가지 속성이 필요하다. 하나는 상속성이니 시간에 있어 생명이 끊어지지 않고 이어지는 것이고, 또 하나는 보편성이니 공간에 있어 영향이 넓게 퍼져 나가는 것이다.

17 역사가 되려면 '나'라는 의식이 있어야 한다.

인류 말고 다른 생물도 나와 남의 투쟁이 있으나 그 '나'의 의식이 거의 없어서 상속성과 보편성을 갖지 못한다. 인류도 개인적인 나와 남의 투쟁이 있으나 역시 그 '나'의 의식이 너무 약해서 상속성과 보편성을 갖지 못한다. 따라서 인류라고 해도 '나'의 의식이 강한 사회적 행동이어야 역사가 될 수 있다.

18 역사의 바꿀 수 없는 원칙

비아(非我)를 이겨서 아(我)를 드러내 알리면

승리자가 되어 역사의 생명을 이어 간다.

그러나 아(我)를 없애서 비아(非我)에 공헌하면

패배자가 되어 지나간 역사의 자취로만 남을 것이다.

이는 오랜 역사에서 바꿀 수 없는 원칙이다.

19 정신의 확립과 환경에 대한 순응이 필요하다.

선천적(先天的) 실질부터 말하면 아(我) 생긴 뒤에 비아(非我)가 생기지만 후천적(後天的) 형식으로 말하면 비아(非我) 있은 뒤에 아(我)가 생긴다. 조선 민족 '나'가 나타난 뒤에 상대가 되는 중국 민족 '남'이 나타난다. 이는 선천적인 것에 속한다. 그러나 만일 중국 민족 '남'이 없었다면 조선 '나'란 나라를 세우는 일을 하지 않았을 것이다. 이는 후천적인 것에 속한다. 정신의 확립으로 선천적인 것을 지키며, 환경의 순응으로 후천적인 것을 유지한다. 두 가지 중 하나가 부족해도 패망하여 역사에서 사라진다.

20 조선 역사는 조선 민족이 주인이다.

조선 역사를 쓰려고 하면 조선 민족을 아(我)의 단위로 삼고-조선 민족의 생장(生長)과 발달(發達)을 첫 번째로 쓰고-조선 민족의 상대자인 각 민족과의 관계를 두 번째로 써야 한다.

21 역사는 사실을 적어야 한다.

역사는 역사를 위하여 역사를 쓰는 것이다. 역사 이외에 딴 목적을 위하여 쓰라는 것이 아니다. 곧 객관적으로 사회가 움직인 상태와 거기서 발생한 사실을 그대로 적는 것이 역사다. 저작자 목적에 따라 그 사실을 좌우하거나 더하거나 바꾸는 것이 아니다.

22 역사를 구성하는 3대 원소

역사는 시간으로 계속되면서 공간으로 발전하는 사회 활동 상태를 기록하는 것이므로 '시간(時)', '장소(地),' '사람(人)'이 역사를 구성하는 3대 원소(元素)다.

23 역사는 사회가 표준이다.

역사는

개인을 표준으로 하는 것이 아니라

사회를 표준으로 하는 것이다.

24 개인과 사회의 자성(自性)은 어떻게 만들어질까?

개인이 사회를 만드느냐, 사회가 개인을 만드느냐, 이는 고대부터 역사학자들이 논쟁하는 문제다. -위대한 한 사람 손으로 사회의 자성(自性)이 만들어지는가? -사회의 풀무질로 개인의 자성(自性)이 만들어지는 것인가? -나는 개인의 자성(自性)과 사회의 자성(自性)은 환경과 시대를 따라서 성립한다고 생각한다.

25 항성과 변성이 균형을 이루어야 한다.

개인과 민족은 두 가지 자성(自性)이 있다. 하나는 항성(恒性)이고 또 하나는 변성(變性)이다. 항성은 변하지 않는 성질이니 제1자기 성질이요. 변성은 변하는 성질이니 제2자기 성질이다. 항성이 많고 변성이 적으면 환경에 순응하지 못하여 망하고, 변성이 많고 항성이 적으면 강한 자한테 정복당하여 망한다. 따라서 늘 역사를 돌아보며 두 가지 자성이 많고 적음과 강하고 약함을 잘 살펴서 균형을 이루게 조절을 해야 그 생명이 천지와 같이 오래오래 이어 가며 발전할 것이다.

26 역사를 연구할 때는 재료 선택이 중요하다.

역사를 연구하려면 역사 재료를 모으는 것도 필요하지만 그 재료에 대한 선택이 더욱 중요하다. 옛날 물건이 산처럼 쌓였을지라도 그 물건에 대한 학식이 없고, 그 진위와 가치를 판정할 안목이 있어야 한다.

27 조선을 주체로 써야 참조선사다.

어떠하여야 참조선의 조선사라 하겠느냐. 조선 민중 전체의 진화를 서술한 것이라야 참조선의 역사가 될 수 있다. 그러나 민중을 표준으로 하는 역사 개념은 20세기에 싹튼 것이라 어려우니 다만 조선을 주체로 삼아 충실하게 적은 조선사를 가리킴이다. 중국인이나 일본인이 적은 조선사는 중국이나 일본을 주체로 보고 쓴 것이라 그 주체를 위하여 조선을 기록한 것이라 참조선사라 할 수 없다.

28 어떤 나라가 망한 나라냐.

전국에 있는 돈을 모두 외국인이 거두어 가면,

그 나라가 아주 멸망했다고 할 수 있을까? 이것으로는 아주 멸망하리라 할 수 없다.

전국에 있는 수산 물품을 외국인이 모두 빼앗아 가면,

그 나라가 아주 멸망했다고 할 수 있을까? 이것으로는 아주 멸망하리라 할 수 없다.

전국에 있는 모든 토지를 외국인이 점령하면,

그 나라가 멸망했다고 할 수 있을까? 이것으로는 아주 멸망하리라 할 수 없다.

전국에 있는 풀과 나무까지 외국인이 모두 차지했다면,

그 나라가 아주 멸망했다고 할 수 있을까? 이것으로는 아주 멸망하리라 할 수 없다.

그러면 어떠한 나라를 망국이라고 할 수 있을까?

오직 국민 마음이 모두 외국인에게 팔리면, 그제야 망국이라고 할 수 있을 것이다.

29 우리는 4천 년 독립국가다.

태백산 단목 아래 강림하여 동방에 처음으로 임금 되신 것은 단군의 독립이요.

서쪽으로 만 리를 넓히고 동쪽으로 일본을 쳐 신라를 구한 것은 광개토대왕의 독립이요.

당나라 군사를 물리치고 일본을 물리치고 삼국통일을 완성한 것은 문무왕의 독립이다.

조선 중기 이후로 임금이 용열하고 신하들이 불러들인 재앙일 뿐 국민의 독립정신은 4천 년 넘도록 하루도 없어지지 아니하였다.

30 남의 힘으로 독립하면 노예가 된다.

만일 미국의 힘을 빌려 독립을 하면
미국의 노예를 면하지 못할 것이며,
프랑스의 힘을 빌려 독립하고자 하면
프랑스의 노예를 면하지 못할 것이며,
일본인이 물려주는 것을 받아 쓰면
몇 백 세라도 거지라는 이름을 면하지 못할 것이다.

31 영웅이 기회를 만든다.

영웅이 기회를 만들고 기회가 영웅을 태어나게 하나니, 영웅과 기회는 서로 이용하는 바다. 수완을 발휘하여 세상을 크게 바꾸고, 지혜와 용기로 세상을 움직여 큰 적을 꺾고 망하는 나라를 살려 내서 흥하게 하는 사람이 영웅이다.

32 정신적 국가와 형식적 국가

세계 어떤 나라를 막론하고

먼저 정신으로 국가(추상적 국가)가 세워진 뒤에

형식을 갖춘 국가(구체적 국가)가 세워진다.

곧 정신적인 국가는

형식적인 국가를 탄생시키는 어머니다.

정신적인 국가는 민족이

독립할 정신,

자유할 정신,

생존할 정신,

나라를 일으키고 빛내고 싶은 정신이다.

33 망한 나라와 망하지 않은 나라

정신적 국가가 망하면
형식적 국가는 망하지 않았더라도
이미 망한 나라며,

정신적 국가가 망하지 않았으면
형식적 국가는 망하였을지라도
그 나라는 아직 망한 나라가 아니다.

34 한국 경제가 발전할 것이다.

기쁘고 즐겁고 아름답다. 한국 경제가 비관이 아니고 낙관이기 때문이다. 한국의 자연력과 자연물을 볼 때, 인민 노동력으로 볼 때, 생산력의 희망이 크다. 또 한반도가 아시아와 태평양의 중요한 위치에 자리를 잡고 있으니 장래 바다와 대륙 무역의 왕이 될 테니 동포여 힘을 다하자.

35 입헌국 국민 자격을 확장하라.

오늘날 한국인의 정치사상과 정치 능력이 부족함이 결코 한국인의 선천적 성질이 아니다. 그동안 전제의 독이 극에 달했고, 경제의 어려움이 심했고, 지식을 배울 힘이 부족했기 때문이다. 동포여, 동포는 정치사상을 일으키고, 독립적 국민의 선천적 정치 능력을 꾸준히 기르며, 입헌국가 국민의 자격과 또한 국가 생명을 유지하여 민족의 행복을 확장하라.

36 동포여, 일어나 바꾸자.

국민의 천성은 바꿀 수 없으나 나중에 더해진 성질은 필히 바꿀 수 있다고 한다. 우리 민족의 고대문명은 한국민의 천성이요 요즘 못나고 부족한 성질은 나중에 더해진 성질이다. 동포여 마음과 정신을 다하여 떨쳐 일어나 바꿀 수 있는 사람들은 바꿔서 나라를 빛낼지어다.

37 역사 연구를 하고 싶습니다.

앞으로 이 몸이 나갈 곳이 어디일까요? 참다랑어도 아니요, 잉어도 아니니 물속으로 들어가랴? 솔개도 아니고 새매도 아니니 하늘 위로 올라가랴. 그저 하염없이 눈물이 주르르 흘러내립니다. 생각하건데 오직 남은 목숨을 역사 연구 사업을 계속 진행하고 싶습니다. 과거의 견문을 정리 편수하여 다음 학생들로 하여금 나라의 전통을 잊지 않게 하는 데 조금이라도 도움이 될까 합니다. 그러나 책이 없고, 자료가 부족하며, 돈도 없습니다.

* 아는 사람한테 역사 연구를 할 수 있게 도와 달라고 간절하게 부탁하는 편지.

丹齋

03

우리말을 찾아서

辛未시인지 이冊(前後三韓考)을 바드시는 이에게 나는 뵈

僕은 要求합니다 貴下께서 精書

도 못하고 보내오니 未安하지만

(一) 未考 이冊(卽前後三韓考)은 貴紙에 謄

하시지 안하려면 卽時 筆者에게 還送

38 한자(漢字)와 이두(吏讀)

옛조선에 조선 글이 있었다는 사람이 있으나 이는 아무 증거가 없으니 최초에는 한자를 썼을 것이다. 그 뒤에 한자의 소리나 뜻을 빌어서 이두문자를 만들었다. 신라 설총이 만들었다고 하나 설총 이전에 세운 신라 진흥왕순수비에도 이두문자를 쓴 것으로 보아 그 이전부터 옛조선에서 썼을 것으로 본다. 나중에 거란문자, 여진문자, 일본문자가 모두 이두문자를 따라서 만든 것이니 이두문자 공이 크다고 할 수 있다.

* 진흥왕은 신라 제24대 왕으로 540년부터 576년까지 왕을 하면서 삼국통일의 기반을 마련하였다.

** 설총은 신라 태종무열왕 2년인 655년에 원효대사와 요석공주 사이에서 태어났고, 이두문자를 모아 정리하고 발전시켰다. 신라 10현 가운데 한 사람으로 신채호가 이 글을 쓸 당시에는 설총이 이두문자를 만들었다고 알려져 있었다.

39 불과 벌

옛날에는 대개 불의 힘으로 들판에 있는 풀과 나무를 태워서 밭을 만들어 농사를 지었기 때문에 오늘날 '벌(벌판, 들판, 야지野地)'을 옛말에서는 '불'이라고 하였다. 옛날 '불'을 발견한 일은 근세에 전기 발견처럼 생활의 대혁명을 일으킨 대발견이다. 따라서 옛조선에서는 불을 사랑하여 사람이나 땅에 '불'을 붙여 지은 이름이 많았다. 부루(夫婁), 부여(夫餘), 부리(夫里), 불이(不而), 불(弗), 발(發), 벌(伐) 같은 말이 모두 '불'이라는 소리를 한자로 적으면서 생긴 말이다.

40 수두와 하느님

우리 겨레는 우주의 밝은 빛을 숭배하였기 때문에 태백산 나무숲을 밝은 빛이 잠자는 곳으로 믿었다. 그곳을 '수두'라 하였다. 수두는 신을 모시는 단, 곧 신단(神壇)이다. 해마다 5월과 10월에 수두에 제사를 지내는 일을 맡은 한 사람을 뽑아 가운데 앉게 하고, 하느님〔천신天神〕이라고 하였다.

41 수두하느님과 신수두하느님

적이 침략하면 각 '수두'에 소속한 마을들이 연합하여 맞서 싸우고, 가장 공이 많은 마을 '수두'를 제일 높게 하여 '신수두'라 불렀다. 삼한 역사에 나오는 소도(蘇塗)는 '수두'의 음역이다. 진단(震檀)의 진(震)은 '신'의 음역이다. 단군(檀君)은 '수두하느님'이다, 수두는 작은 단〔小檀〕이고 신수두는 큰 단〔大檀〕이다.

* 옛조선을 세운 단군은 많은 수두하느님 가운데 중심이 되는 신수두하느님이다.

42 임금과 왕검

옛조선에서 단군왕검(檀君王儉)을 종교의 교주로 높이 받들어 왔는데, '왕검(王儉)'을 이두로 읽으면 '임금'이 된다. 이후 역대 제왕(帝王)을 '임금'이라고 부르게 되었다.

* 이두로 '임금'을 '왕검(王儉)'으로 옮겨 썼다. 왕(王)은 글자 뜻에서 소리 앞쪽을 빌려서 '님'으로 읽은 것이고, '검(儉)'은 닿소리(子音) 전부를 빌려서 '금'으로 읽었다.

43 선배와 선인

선인왕검(仙人王儉)은 삼국시대에

‘수두’ 교도를 ‘선배’라 불렀는데,

‘선배’를 이두문자로 읽으면

仙人(선인)이나 先人(선인)으로 썼던 것이다.

44 3신과 3한

삼일신(三一神)은 천일(天一), 지일(地一), 태일(太一)이다. 삼신(三神) 가운데 가장 높은 신(神)이 태일(太一)이다. 삼신을 삼황이라고 했다. 천황(天皇), 지황(地皇), 태황(泰皇)이다. 이 세 신(神)을 부르는 옛 우리말은 말한〔天一〕, 불한〔地一〕, 신한〔太一〕이다. 이두문자로는 마한(馬韓), 변한(卞韓), 진한(辰韓)이다.

* 천일은 하늘에 계시는 한님, 지일은 땅에 계시는 한님, 태일은 하늘과 땅 사이에 떠서 만물에 생명을 주는 해에 계신 한님을 뜻한다. 옛조선에서는 이 가운데 해에 계시는 한님을 가장 높게 보았다. 낮과 밤을 주관하는 해가 사람을 비롯한 온 세상에 생명의 빛을 주기 때문이다.

** '한님'에서 하늘님, 한울님, 하느님, 하나님, 할아버지(한 아버지). 할머니(한 어머니)같은 말이 생겨났다고 볼 수 있다.

45 5제와 5가

오제(五帝)는

'동남서북중'을 맡은 오방신(五方神)을 말하며,

오가(五家)는

'돗가, 개가, 소가, 말가, 신가'를 가리키는 말이다.

46 3경과 5부

대단군왕검이 3신과 5제로 우주의 조직을 설명하고, 이에 따라 사람 세상의 제도를 정하였다. 곧 '신한'과 '말한'과 '불한'을 세우고 대단군이 신한이 되었으니 신한이 곧 대왕이요 말한과 불한은 좌우에서 돕는 왕이다. 삼한에 따라 세 서울을 두고, 그 아래 5가 '돗가, 개가, 소가, 말가, 신가'를 두고, 전국은 동남서북중 5부(五部)로 나누어 다스렸다. 전쟁이 나면 중앙을 담당한 '신가'가 중군대원수가 되고, 4가 군대가 전후좌우를 맡아서 싸웠다.

47 신크치와 신지(神誌)

옛 역사책에 단군 때에 신지(神誌)란 사람이 있어 역사책을 썼다고 한다. 사실 신지는 '신치'를 이두로 쓴 말이고, '신치'는 '신크치'를 줄인 말이다. '신크치'는 '신가'와 같은 말이다. '신가'는 5가 중에서 중앙에 있는 수석대신(首席大臣)으로 소도에서 제사를 지낼 때 우주 창조와 나라를 지킨 영웅에 대한 이야기를 노래로 전하는데, 이를 후세 사람들이 모아서 책으로 만든 것이다. 그 책 이름이 《신지(神誌)》다. 책 이름이 이두문이고 그 내용도 이두문으로 쓴 것이다.

48 주몽과 추모

위나라 책에서는 '추모'를 '주몽'이라고 쓰고, '주몽'은 북부여 말로 '활을 잘 쏘는 사람'을 부르는 말이라고 했으며, 만주 역사책에서는 활을 잘 쏘는 사람을 '주릴무얼'이라고 했다. 곧 '주몽'은 '주릴무얼'이라는 말소리를 한자로 쓴 이름이다. 광개토대왕비문에는 '추모'라고 하였고 신라 문무왕은 '중모'라고 하였다. '추모', '중모'는 '줌', '주모', '주물'로 읽을 수 있다. 곧 만주어 '주릴무얼'이 '주물'에서 온 것이라고 보아 나는 광개토대왕비문을 따라 '추모'라 쓴다.

49 고구려와 가우리

고구려(高句麗)는 '가우리'를 이두문으로 쓴 이름이다. '가우리'는 '중경(中京)', '중국(中國)'이라는 뜻이다.

* 동남서북과 중부로 나누는 5부에서 가운데인 중부에 있는 서울을 중경(中京)이라고 하고, '중국'이라 부른다. 곧 고구려 시대에는 고구려가 중국이었다는 뜻이다.

50 조령과 저릅재

지금 문경 북쪽에 있는 조령(鳥嶺)은 옛말에는 계립령(鷄立嶺)이다. 계립령은 '저릅재'를 이두문으로 쓴 이름이다. '저릅'은 '삼'의 옛말이다.

* '삼'은 껍질을 벗겨서 옷감인 베를 짜는 식물이다. 강원도에서는 내가 어릴 때 베를 짜기 위해 껍질을 벗겨 낸 삼 대궁을 '저립대'라고 했다. 조령(鳥嶺)에 새 조(鳥)가 들어갔기 때문에 우리말로 '새재'라고 부르기도 한다. 우리말이 이두문으로, 이두문이 한문으로, 한문이 다시 우리말로 바뀌는 과정을 잘 보여 주는 사례다.

51 신라와 새라

'신라(新羅)'는 '새라'를 이두문으로 쓴 이름이다. 신라는 진한 6촌을 합해서 만든 이름이 아니라 6촌 가운데 하나인 '사량(沙梁)' 이름에서 나왔다. '사량'은 '새라'를 이두문으로 옮긴 말이다. '새라'는 강 이름이다. 진흥왕비문에 보면 '사량(沙梁)'을 사록(沙喙)이라고 썼다. 사록(沙喙)은 '새불'이다. '새라불'을 이두문으로 '서라벌(徐羅伐)'이라고 썼다. '새라' 위에 있는 '불'이란 뜻이다.

52 선배와 선인

고구려는 '선배' 제도가 있었다. 선배는 이두문으로 '선인(仙人)', '선인(先人)'으로 썼다. 고구려에서는 해마다 3월과 10월 신수두 대제 때 사람들이 모여서 칼춤도 추고, 활쏘기도 하고, 태권도도 하고, 강물에서 물싸움도 하며, 갖가지 내기를 하였다. 내기에서 이긴 사람을 '선배'라고 하였다. 그 우두머리를 '신크마리'라고 불렀고, 이두문으로 '태대형(太大兄)'이라고 썼다. 그 다음 '마리'를 '대형(大兄)'이라고 했다. 고구려는 골품으로 지위를 정했으나 선배 제도에서는 골품이 아니라 오직 학문과 기술로 지위를 정했기 때문에 인물이 많이 나왔고, 전쟁이 나면 가장 먼저 나가 용감하게 싸웠다.

53 가우라와 라살

고구려는 전국을 3경과 동·남·서·북·중 5부로 나누었다. 동부는 '순라', 남부는 '불라', 서부는 '열라', 북부는 '줄라', 중부는 '가우라'라고 하였다. 중부는 신가 관할이고, 4부는 각 부마다 '라살'을 우두머리로 두었다. '라살'은 한문으로 '도사(道使)'라고 썼다. '도(道)'는 '라'의 뜻을 빌린 것이고, '사(使)'는 소리를 빌려서 만든 말이다. 신가는 3년마다 대왕과 4부 라살과 정부 중요 관원들이 큰 회의를 열어 선임하였다. 보통 3년이면 바꾸었으나 공적이 있으면 연임을 허락했고, 라살도 세습이지만 가끔 왕과 신가의 명령으로 파면하였다.

* 고구려는 중앙 조직만 아니라 각 부도 3경 5부로 조직하여 운영하였다.

54 한양과 서울

한양을 '서울'이라고 부르게 된 까닭은 옛말로 '솝울'이 남(南)쪽을 가리키는 말이다. 백제의 남경(南京)이 부여인데, 부여를 '소부리'라고도 했다. '소부리'는 곧 '솝울'과 같은 말이다. 한양은 고려의 남경(南京)이므로 '솝울'이라고 부르다가 'ㅂ'이 떨어져 나가서 '소울', '서울'이라고 부르게 된 것이다.

55 조선과 주신과 숙신

조선(朝鮮)과 숙신(肅愼)은 같은 나라인데 이두문으로 쓰면서 다른 나라처럼 된 것이다. 옛 문헌에 주신(州愼)이라는 나라가 있는데, 이것도 조선과 같다. 《만주원류고》에 '주신(珠申)'을 '숙신(肅愼)'과 같다고 했다. 곧 '조선'과 '숙신'이 '주신'과 같은 나라 이름을 시대나 필자에 따라 다른 한자를 빌려 쓴 이두문이다.

56 쇠뿔과 마메

‘각간(角干)’은 ‘쇠뿔’이다. 무사들이 쇠뿔로 만든 활을 써서 생긴 관직 이름인데, 근세까지도 영남에서 무관을 ‘쇠뿔애기’라고 불렀다.

한양의 남산도 목멱(木覓)이고, 평양의 남산도 목멱이라고 부른다. 이는 옛말에 남쪽을 ‘마’라고 하고, 산을 ‘메’라고 해서 남산을 ‘마메’라고 불렀던 까닭이다. 곧 목멱은 ‘마메’를 이두문으로 쓴 이름이다.

57 펴라와 나라

'라'를 이두문으로 쓸 때 그 뜻을 빌려서 '내 천(川)'자로 썼다. '평양'을 이두로 읽으면 '펴라'가 된다. '나라'라는 이름도 '나루'에서 나왔다.

* 천(川)의 뜻이 '내'인데, '라 천(川)'이 '내 천(川)'으로 된 거라고 볼 수 있다. 단군 소선, 부여, 고구려, 백제, 신라, 고려, 조선이 모두 큰 강을 끼고 벌판이 있는 나루 옆에 세웠다. '나루'가 '나라'로 바뀐 것으로 볼 수 있다.

58 평양과 낙랑과 패수

평양에서 양(壤)은 옛말 소리로 '랑'이니 '평양'은 '평랑'이 되는데, 그 첫소리만 읽으면 '펴라'가 된다. 낙랑(樂浪)에서 '락(樂)'은 그 뜻이 '풍류(風流)'다. 따라서 '풍(風)'의 첫소리와 '랑(浪)'의 첫소리를 따오면 '펴라'가 된다. 패수(浿水)도 패(浿)의 첫소리와 '수(水)'의 뜻 '라'로 읽으면 '펴라'가 된다. 따라서 '평양'과 '낙랑', '패수'는 글자는 다르나 읽을 때는 '펴라'는 같은 소리로 읽어야 하는 이두문이다.

丹齋

04

역사를 찾아서

意에는 이른속에 政治의事實이나 人民生活의
能이나 其他 몇가지는 더日여예 每次數十日의
人으로 其未備한것은 補充하랴하얏거니 空然히
快이 甚하야 看書와 [illegible] 下筆의 自由는
奪함은 할말업시 初意를 背하고 昨年의
은 그대로 보내게된것이다 이未備한것이나마
史讀者의參考거리가 만된다하면 [illegible]精한
든 된것은 [illegible] 인가 한다

59 옛조선과 삼신 오제

옛조선에서는 환인, 환웅, 임금 3신을 믿었다. 임금은 신인(神人)이라는 뜻이다. 3신은 다른 말로 말한, 불한, 신한이라고 불렀다. 그 신앙에 따라 수두〔단 檀〕을 짓고 제사를 지냈다. 3신 아래에 중·동·남·서·북 5방(五方)을 두어 나눠서 맡고, 수·화·금·목·토 5행(五行)을 만들어 낸 5제(五帝)가 있다 하여 3신 다음으로 모셨다.

60 단군

임금은 본디 신(神)을 부르는 이름이다. 태백산 수두에 해의 정기를 받아 성을 '해'라고 부르는 신인(神人)이 내려와 수두임금이 되었다. 수두는 단(檀)이요 임금은 군(君)이니 해임금을 단군이라 함은 뒷사람이 그 뜻을 한자로 옮겨 썼기 때문이다.

61 단군(해임금)과 신한

해임금 시대 모든 제도는 해임금 이전 신화에 나오는 이상적인 신의 나라를 인간 나라에 실현한 것이다. 3신인 환인, 환웅, 임금을 다른 이름으로 말한, 불한, 신한이라고 불렀으니 해임금은 신한이다. 이두문으로는 마한(馬韓), 변한(弁韓), 진한(辰韓)이고, 한문으로는 옮기면 천일(天一), 지일(地一), 태일(太一)이라 한다.

62 3경 5가

해임금 때 3경은 부소량(하르빈), 오덕지(개평현), 백아강(평양)에 세웠다. 신한은 부소량에 머물고, 말한과 불한은 신한의 대표로 오덕지와 백아강에 머물렀다. 신한 밑에 '도·개·커·소·말' 5가(家)를 두어 5제에 비겼다. 이두문으로는 '도·개·걸·유·모'다. 한문으로는 '저(猪)·구(狗)·견(犬)·우(牛)·마(馬)'로 옮겨 썼다. 5가에서 '커〔加〕'가 가장 높다.

63 조선의 전성시대

조선의 전성시대는 기원전 10세기 무렵부터 대략 5~600년 동안이 대단군 조선의 전성시대다. 고죽국은 조선족이고, 백이와 숙제 형제는 고죽국 왕자다. 기원전 5, 6세기 무렵에 불이지(弗離支)라는 사람이 조선 군사를 이끌고 지금의 산서성과 산동성을 쳐서 나라를 세우고 불이지국이라 했다.

64 3조선

3조선이란 신한, 말한, 불한이다. 신한을 신조선, 말한을 말조선, 불한을 불조선이라고 했다. '신, 말, 불' 3한을 이두문으로 '진(辰), 마(馬), 변(卞)'으로 썼다. 신한이 대왕이고, 말한과 불한이 부왕이다.

65 3조선의 위치

여러 가지 옛날 문헌을 살펴보건대 3한의 서울은 '아스라, 아리티, 펴라' 세 곳이다. 신한의 서울 아스라는 지금 하르빈 지역이고, 불한의 서울 아리티는 지금 심양 지역이고, 말한의 서울 펴라는 지금 평양 지역이라고 생각한다. 신한 땅은 현 길림성, 흑룡강성, 연해주 지역이다. 불한 땅은 요동반도 지역이고, 마한 땅은 압록강 남쪽 지역일 것이다.

* 신채호는 단군조선 시대 삼한을 북쪽에 있다고 해서 북삼한(北三韓)이라고 했고, 단군조선이 무너진 다음에 압록강 남쪽에 생긴 마한, 변한, 진한을 남쪽에 다시 세운 삼한이라고 해서 남삼한(南三韓)이라고 했다.

66 단군이 조선을 3한으로 세운 까닭

말한은 하늘, 곧 천신(天神)을 대표하는 천일(天一) 하느님이다. 불한은 땅, 곧 지신(地神)을 대표하는 지일(地一) 하느님이다. 신한은 해, 곧 태양신(太陽神)을 대표하는 태일(太一) 하느님으로 셋 중에 가장 높고 크다. 신한 대표가 가장 높은 임금(대단군왕검)이고, 말한과 불한 대표가 양쪽에서 대단군을 지켜 주는 부왕(소단군왕검)이다.

67 부여

단군조선이 무너진 뒤에 신한 지역에서 부여가 세워졌고, 기원전 200년 무렵에 부여왕 해부루가 늙도록 아들이 없어 산천을 다니며 기도를 하여 금와를 얻었다. 금와가 부여에서 동쪽으로 옮겨 가 동부여를 세웠다. 원래 부여는 해모수가 다스렸는데, 이를 북부여라고 한다. 해모수 아들 추모(주몽)가 동부여 금와왕 보호로 자라났는데, 대소가 죽이려 하자 탈출해서 고구려를 세웠다.

68 고구려

고구려가 신라 박혁거세 21년~기원전 37년에 세워졌다고 한다. 그러나 〈고구려본기〉에 보면 광개토대왕이 시조 동명성왕 13세 손이라고 했는데 광개토대왕비문에는 17세 손이라고 되어 있다. 이밖에 여러 문헌을 견주어 볼 때 고구려 역사 앞부분 100~200년이 줄었다. 그 까닭은 옛날에는 건국 시기로 나라의 지위를 다투었기 때문이다. 신라가 고구려와 백제를 멸망시키고 나서 고구려와 백제 건국을 신라 건국 뒤로 바꾸었기 때문이다.

* 추모(주몽)가 해모수 아들이니 기원전 200년 무렵 부여가 북부여와 동부여로 갈라질 무렵에 태어났을 것이며, 위만과 같은 시대 사람일 것이다.

69 백제

백제 역사는 고구려 역사보다 더 많이 삭제되거나 왜곡되었다. 그 시조는 소서노 여대왕이니, 고구려와 백제를 창업한 여제왕이다. 소서노가 비류와 온조를 데리고 남쪽으로 내려와 지금 하북위례성(한강 북쪽인 한양)에 백제를 세웠다. 그 아들 온조 13년에 하남위례성(한강 남쪽)으로 서울을 옮겼다. 온조 아버지는 부여의 우태다. 백제 역사에서는 소서노 여대왕 시대를 빼놓았다.

* 졸본부여 소서노는 부여 우태와 결혼해서 비류와 온조를 낳았고, 주몽이 동부여를 탈출해서 오자 주몽과 결혼해서 함께 고구려를 건국했다. 그런데 동부여에서 유리 왕자가 오고, 주몽이 유리를 태자로 삼자 비류와 온조를 데리고 마한으로 와서 백제를 세웠다. 따라서 고구려와 마찬가지로 100년 이상의 역사를 깎아낸 것이라고 볼 수 있다.

70 가야

'가라(加羅), 가락(駕洛), 가야(加倻), 구야(狗耶), 가야(伽倻)'는 모두 '가라'를 이두문으로 쓴 이름이다. '신가라'의 '신'은 가운데 있는 큰 대(大)를 뜻한다. 곧 대가야 김수로가 여섯 가야 가운데서 으뜸인 제1가라다. 제2가라는 '밈라가라'니 고령, 제3가라는 '안라가라'니 함안, 제4가라는 '고링가라'니 함창, 제5가라는 '별뫼가라'니 성주, 제6가라는 '구지가라'니 고성 중도에 세운 나라다. 가야국은 모두 물을 막아 큰 못을 만들고, 못 주변에 나라를 세웠다.

71 신라

신라는 6촌 3성으로 시작하였다. 건국 3세인 유리왕 때 6촌 이름을 6부로 바꾸면서 각 부마다 성을 주었다. 이(李)씨, 최(崔)씨, 손(孫)씨, 정(鄭)씨, 배(裵)씨, 설(薛)씨다. 왕을 할 수 있는 3성은 박(朴), 석(昔), 김(金) 3가(三家)다. 3가, 3성을 특히 내세운 까닭은 3신 이야기를 이어 가기 때문이다.

72 화랑

화랑(花郞)은 신라가 크게 일어나는 원인이 될 뿐 아니라 후세에 사대주의(事大主義)에 맞서 조선이 조선 되게 하여 온 사람들이 화랑이다. 그러므로 화랑의 역사를 모르고 조선사를 말하려 하면 골을 빼고 그 사람의 정신을 찾으려는 것처럼 어리석은 것이다.

국선(國仙), 화랑은 진흥대왕이 곧 고구려의 선배 제도를 닮아 온 것이다. 국선이라 함은 고구려 선인과 구별하기 위하여 나라 국(國)자를 선(仙)자 앞에 붙인 것이다. 고구려 선배와 마찬가지로 평소 공동생활을 하면서 학문과 기술과 경제활동을 하다가 전쟁이 나면 앞서 나가 싸웠다. 선(仙)자 때문에 지나에서 온 장생불사(長生不死)를 찾는 선교(仙敎)로 알면 큰 오해다.

* 신채호는 고대사를 쓸 때 현재 중국을 중국이라고 하지 않고 '지나'라고 썼다. '지나'는 현 중국 한족(漢族)이 처음 세운 통일국가인 '진나라'를 뜻하고, 영어로는 '차이나'라고 한다. 고대사에서는 옛조선이나 부여나 고구려나 백제나 신라나 가야가 다 자기를 중국이라고 생각했기 때문이다.

73 진흥대왕

한양 삼각산 북봉에 진흥대왕순수비가 있으니, 이는 대왕이 백제를 쳐서 성공한 유적이다. 함흥 초방원에도 진흥대왕순수비가 있으니 이는 대왕이 고구려를 쳐서 성공한 유적이다. 《만주원류고》와 《길림유력기》를 보면 '길림'은 원래 신라 땅이요, '길림'이라는 이름이 신라 '계림'에서 얻은 것이라고 하니 이는 진흥대왕이 고구려를 쳐서 길림 동북까지 차지했던 증거다.

74 고려

'고려'라 하면 왕건 태조가 처음 지은 이름으로 안다. 그러나 《여지승람》에 '왕건이 나라 이름을 후고구려라 하다' 하였고, 《고려사》에 서희가 '우리나라는 고구려 옛땅에서 일어났기 때문에 나라 이름을 고려라고 했다'고 하였다. 곧 '고려'는 '고구려' 이름을 이은 나라다. 고구려라는 이름도 주몽이 지은 것으로 안다. 그러나 부여나 고구려나 발해가 나라를 3경 5부로 조직하고 중부를 가운데 한복판에 있다고 해서 '가우'라고 하고, 성책을 '울'이라고 했다. 중부는 곧 '가울'이고 '가우리'라 하였다. 고려, 고구려는 다 '가우리'라는 뜻이니, 곧 단군조선 중부 이름을 이어서 '고구려'를 세웠고, 고구려를 이어서 '고려'를 세운 것이다.

75 평양

평양은 조선 문명이 발생한 7대강 가운데 하나인 패수(浿水) 가에 있는 서울이나 그 위치가 시대에 따라 다르다. 3조선 때 평양과 3국·동북국 때 평양과 고려 이후 평양이 있던 장소가 다르다.

* 3조선은 단군조선 때 삼한으로 나누어 운영한 시기를 말한다. 3한을 3조선이라고 하였다. 동북국이란 3국 통일 후 신라를 동국, 발해를 북국으로 본 것이다.

丹齋

05

역사를 바꾸는 문화

니라 가ᄉ音은 何故이요? 震壇이 또 區種塗요
種塗가 곳 神壇樹씨는 이제 三者는 가는데 震
는 域名이라 하며 區稱塗는 國名이라 하고 이엇다 하나 混沌이나 神壇
止을 祭壇의 나무로 아니
朝鮮은 國名이요 三韓은 朝鮮의 三王이요
는 大國의 義니 朝鮮의 尊稱이요 原文 馬는
自의 固有名詞요 眞番莫은 漢人이 譯한

76 확신과 용기

자기가

확신하는 것이라고

꼭 다 옳은 것이 아니지만

자기는

꼭 옳은 줄로 확신하는 것이라야

세상에 내놓아

알릴 용기가 나는 것이다.

77 국민과 자치력

나라가 흥하거나 망하는 데는 국민자치력의 우열에 관계가 된다. 국민이 스스로 다스리는 힘이 우수하면 나라가 흥하고, 국민이 스스로 다스리는 힘이 약하면 나라가 망한다. 이는 세계 역사를 봐도 그렇고, 현재 백인 세력이 황인 세력보다 큰 것도 백인들의 자치 능력이 황인들의 자치 능력보다 크기 때문이다. 나라를 위하는 사람이라면 이를 깊이 생각해야 한다. 이런 까닭에 한국사를 읽다가 한 가지 궁금증이 일어나 뇌를 크게 흔든다. 한국이 옛날에는 자치제도가 성행하던 나라인데 왜 남아 있는 문헌에서 찾아보기가 어려운가?

78 조선 문자

조선은 언제부터 전설시대를 지나 기록시대로 진화했을까? 기록시대가 되었다면 어떤 문자로 기록했을까? 어떤 이들은 수두〔소도蘇塗〕 때부터 기록했다고 하나 증거가 없으니 있고 없음을 단언할 수 없다. 역사책을 보면 우리가 쓴 문자를 세 시기로 나눌 수 있다. 제1시기 이두문(吏讀文), 제2기 구결문(口訣文), 제3기 언문(諺文)이니 곧 국문(國文)이다. 그러나 국문이 나온 뒤에 구결을 폐지하고, 구결이 나온 뒤에 이두를 폐지한 것이 아니라 불과 30년 전만 해도 이두와 구결을 같이 썼다.

79 세종대왕 은덕

세종대왕이 만든 정음(正音) 자모(字母)는 이두에 견주면 그 소리와 모양이 완전하고 아름답다. 나아가 배우기가 아주 편리해서 우리 문학이 발흥할 이기(利器)다. 그러나 한문 문학에 정복당해서 각종 글월을 모두 한문으로만 써서 국문학이 발달할 길을 막았으니 세종대왕이 정음을 창제한 은덕을 허물어 버림이 너무 심하다. 아으.

80 국문과 한문

국문도 글자며 한문도 글자다. 그런데 국문이 한문보다 더 중하다는 까닭은 무엇인가? 국문인 한글은 우리나라 글자이고, 한문은 바깥 나라 글자이기 때문이다. 또 한문은 폐해가 많고 국문은 폐해가 없기 때문이다.

* 한문이 들어오기 전인 삼국시대까지 우리 민족이 용감하고 지혜롭게 번성했는데 한문이 들어오면서 그 힘이 점점 줄어들다가 한문만 존중하는 조선 후기에는 끝내 국민과 국가가 망한 것을 보면 한문이 끼친 폐해를 알 수 있다고 하였다.

81 한글과 한국인

자기 나라 언어로 자기 나라 문자를 만들고, 자기 나라 문자로 자기 나라 역사와 지리를 쓰고, 전국 인민이 귀하게 읽고 전하며 서로 통해야 고유한 자기 나라 정신을 이어 가며, 깨끗하고 아름답게 나라를 사랑할 수 있는 마음과 정신을 기를 수 있다.-이러니 오늘에 이르러 국문을 한문보다 가볍게 보는 자가 있다면 어찌 한국인이라고 말할 수 있겠는가.

* 1908년 3월 17일 〈대한매일신보〉에 쓴 글이나. 100년 뒤 대한민국을 와 본다면 한문 대신 영문이 중시되는 현실을 더 무섭게 비판하셨을 것이다.

82 문학과 독립국

최근에 와서 일반 학자들이 조선 문법을 연구하면서 한글이 발달해야 한다고 절규한다. 한글이 발달하려면 한글 문학이 발달해야 한다. 각국 문학이 진보하는 모습을 보면 항상 많은 작가들이 나와서 사회를 고무할 만한 시나 소설이나 희곡이나 기타 각종 문예 작품이 많아야 한다. 이로써 울고, 웃고, 노래하고, 춤추어 굶주린 사람들의 밥이 되고, 아픈 사람들의 약이 되어야 한다. 이렇게 되어야 문학의 독립국이 될 수 있는데, 요즘 이런 작가로 칠 작가가 몇이냐. 아으.

83 시와 국민

시는 국민 언어의 정화(精華)다. 그러므로 강한 국민은 이미 시부터 강하며, 약한 국민은 이미 시부터 약하다. 한 나라가 일어나고 쓰러짐이나 바르게 흐르거나 어지럽게 흘러감은 대체로 그 나라 시에서 드러난다. 나라를 강하게 일으키려거든 무릇 시부터 강하게 바꾸어야 한다.

84 시와 국가

시란 기뻐서 외치고, 분해서 부르짖고, 쓸쓸하고 슬퍼하며, 울며 눈물 흘리고, 괴로워 앓는 소리를 내게 하고, 미친 듯 울부짖게 하는 사람의 뜻과 마음을 말글로 나타내는 것이다. 이러한 시를 없애려고 하면 이는 국민의 목소리를 닫는 짓이고, 뇌를 깨뜨리는 짓이다. 어찌 이런 짓을 할 수 있는가? 나는 장담한다.

"시가 성하면 나라도 성하며, 시가 쇠하면 나라도 쇠하며, 시가 존재하면 나라도 존재하며, 시가 망하면 나라도 망한다."

85 시인

큰 시인이 곧 큰 영웅이며,

큰 시인이 곧 큰 위인이며,

큰 시인이 곧 역사에서 가장 큰 사람이다.

86 노래와 우리말

시와 노래는 사람 감정을 도야(陶冶)하는 것이 목적이다. 그러니 우리말과 글로 써서 어린 아기와 부녀자들도 한 번 읽으면 다 훤히 알도록 해야 효력이 클 것이다. 그런데 최근 각급 학교에서 가르치는 노래를 들어보니 한자를 섞어 쓴 것이 너무 많다. 이에 배우는 학생들이 흥미를 느끼지 못하고, 지나다 듣는 어른들도 그 말뜻을 알 수가 없으니 무슨 효과나 이익이 있겠는가. 이는 교육계의 결점이라 말할 수 있다.

87 소설과 사회

인간의 심성과 사물의 오묘한 이치를 쓰고, 고금 역사의 흥망을 말해도 이를 읽고 들을 수 있는 사람은 일부 지식인이다. 그나마 다소간 지식만 전할 수 있을 뿐 나쁜 사람을 착하게 바꾸고, 흉한 사람을 순하게 만들기는 어렵다. 그러나 사람들 누구라도 쉽게 읽고 이야기 나눌 수 있는 말로 잘 쓴 소설은 많은 사람들이 읽고 들으면 갈채를 보내고 정신과 혼이 움직인다. 비참하고 슬픈 이야기를 읽으면 눈물을 흩뿌리고, 장쾌한 이야기를 읽으면 기운이 솟구침을 금할 수 없다. 이에 따라 자연스럽게 덕성이 감화를 받아 마음과 성질이 바뀔 수 있다. 그러므로 국문 소설은 사회 취향을 크게 바꿀 수 있다고 함이라.

88 소설과 국민

소설은 국민의 나침반이다. 이야기를 읽기 쉽고 재미있게 잘 쓰면 글을 잘 모르는 노동자들도 읽지 못할 사람이 없고, 또 즐겁게 읽지 않을 사람이 없다. 그러므로 소설이 국민을 강한 길로 인도하면 국민이 강하며, 소설이 국민을 약한 길로 인도하면 국민이 약하며, 옳은 길로 인도하면 옳은 국민이 되며, 나쁜 길로 인도하면 나쁜 국민이 된다. 소설 쓰는 사람은 마땅히 스스로 두려워하고 조심해야 할 것이다.

89 사회 현실과 문학

정수동은 60여 년 전 시인이다. 자기 아내가 아기를 낳는데, 산고가 심해서 죽네 사네 하므로 정수동이 급히 약을 지으러 갔다. 약국에 가서 약을 지어 갖고 오는데 어떤 친구가 나귀를 타고 금강산을 간다고 한다. 이를 본 정수동이 약을 도포 소매에 넣은 채 금강산으로 달아났다. 요즘 연애소설에 심취한 사람들이 이와 같지 않은가? 지금 나라가 망하는 위급함이 정수동 아내가 아기 낳다 죽는 것보다 더한데 연애소설에 빠져 있으니 가련하도다.

90 예술과 존재

'예술은 예술을 위하여 존재한다'거나 '고상한 예술일수록 사회에 좋은 영향을 끼친다'는 말이 있는데, 그 말을 어느 정도 인정할 수 있다. 그러나 만일 예술이 인류에게 해가 되고, 그 진보에 따라 인류의 행복이 줄어든다면 인류가 예술을 증오하여 멸망시킬 텐데 어찌 존재의 여지가 있으리오.

91 예술주의 문예와 인도주의 문예

민중 생활과 접촉이 없는 상류사회에서 부귀(富貴)한 집안 남녀의 연애 이야기 위주로 음란함이나 장려하는 문학은 문단의 수치다. 예술주의 문예라 하면 현재 조선을 그리는 예술이 되어야 할 것이며, 인도주의 문예라 하면 조선을 구하는 인도가 되어야 한다. 지금의 문예는 민중에 관계없이 오히려 사회의 모든 운동을 사그라지게 하는 문예, 유럽 각국 문예처럼 혁명의 선구가 되지는 못할망정 민중에 해를 끼치는 문예는 지금 우리가 취할 바가 아니다.

92 역사 읽기

역사를 읽게 하되

어린 시절부터 읽게 할 것이며,

역사를 읽게 하되

늙어 죽을 때까지 읽도록 할 것이며,

역사를 읽게 하되

남자뿐 아니라 여자도 읽게 하며,

역사를 읽게 하되

온 국민이 모두 읽게 할지어다.

93 제국주의와 민족주의

바람과 구름이 몰려오듯 제국주의가 몰려온다. 모두 제국주의를 숭배하며, 모두 제국주의에 앞장서 굴복하여 20세기 세계가 제국주의 활극장이 되었다. 제국주의에 저항하는 방법은 무엇인가? 민족주의로 떨쳐 일어나는 것이 그 시작이다. 민족주의가 강하면 어떤 괴악한 제국주의가라도 감히 침입하지 못한다. 제국주의는 민족주의가 약한 나라에만 침입한다. 비단 같고 꽃밭 같은 한국이 오늘날 이런 굴욕을 당하는 까닭이 무엇인가? 민족주의가 강건하지 못하기 때문이다. '우리 민족의 나라는 우리 민족이 주장한다'는 한마디로 우리 민족을 보전하여야 한다.

94 국민의 나라

국민의 영웅이 있어야
종교가 국민의 종교가 될 것이며,
국민의 영웅이 있어야
학문과 예술이
국민의 학문과 예술이 될 것이며,
국민의 영웅이 있어야
국민의 경제가 될 것이다.
국민의 종교,
국민의 학술,
국민의 산업,
국민의 예술이 된 뒤에야
우리나라가 국민의 나라가 될 수 있다.

95 죽음과 발전

나무에 잘 오르는 놈은 나무에서 떨어져 죽고, 헤엄 잘 치는 놈은 물에 빠져 죽는다 하였다. 두 손을 비비고 방 안에만 앉아 있으면 이런 죽음이 없을 것이다. 다만 그리하면 인류 사회가 무덤처럼 되어 발전이 없을 것이다. 나무에서 떨어져 죽을지언정, 물에 빠져 죽을지언정, 앉은뱅이로 죽지는 않을 것이다.

96 실패와 성공

실패한 사람을 비웃고 성공한 사람을 노래하는 것도 어리석은 편견이다. 성공하는 사람은 앉은뱅이같이 방 안에서 늙는 사람은 아니다. 그러나 약은 사람이 되어, 쉽고 만만한 일만 하여 성공하거늘 이를 위인이라고 부른다.

불에 들면 불과 싸우며, 물에 들면 물과 싸우며, 맨손으로 범을 잡고, 맨몸으로 총탄과 맞서는 인물들은 그 열 중 아홉은 실패한다. 담과 용기가 커서 남보다 백배 우수하므로 남이 생각도 못하는 일을 하다가 실패자가 된다. 실패한 사람은 백 보나 되는 큰물을 건너뛰다 실패하고, 성공한 사람은 한 보밖에 안 되는 물을 건너뛰어 성공하였다. 그런데도 성공한 사람을 노래하고 실패한 사람은 비웃으니 인간 세상이 가소롭다.

97 애정과 교육

사랑〔愛〕은 정(情)이다. 정이 없으면 사랑이 없고, 사랑이 없으면 정이 없다. 그러므로 애국자를 얻으려면, 국민의 국가에 대한 애정을 길러야 한다.

운동과 경기는 체육(體育)의 일이고, 학문과 예술은 지육(智育)의 일이다. 이 두 가지 교육은 인위로 할 수 있지만 정육(情育)은 오직 그 양심을 자연스럽게 끌어내어 부드럽게 이루어야 한다.

애정이란 순결하고 정갈하고 단단하니 그 애정을 기르고자 하려면 좋은 향기를 따라서 스스로 배우고 익혀서 맑게 스며들 듯 해야 한다.

98 파괴와 보전

“파괴하라. 파괴하라” 말함은

선악을 모두 파괴하라는 말이 아니다.

나쁜 것을 파괴하고

좋은 것은 보전하라 함이다.

더러운 것은 파괴하고

아름다운 것은 보전하라 함이다.

99 책과 국민

책이 부패하면 국민이 부패하며,

책이 비열하면 국민이 비열하며,

책이 정신이 없으면 국민을 정신없게 하며,

책이 철학이 없으면 국민도 철학이 없게 된다.

그러니 서적계가 더 분발해야 한다.

100 국민과 목적지

오늘날

대한 국민의 목적지가 어디에 있는가.

상에 있는가, 하에 있는가?

좌에 있는가, 우에 있는가?

목적지를 깨달았으면 눈을 들어 바라보고,

발을 놀려 그곳을 향해 가라. 대한 국민이여!

101 목적과 선택 기준

사람이 천지간에 서고자 한다면 꼭 목적을 확정하여야 한다. 목적이 없으면 이는 물고기나 벌레나 돌이나 나무지 인류가 아니다. 사람이 목적을 선택할 때는 그 '정당함, 단순함, 근면함, 장구함'이 필요하다.

102 문화와 국민

국민을 시들게 하고 늘어지게 하는 문화도 있고, 국민을 강하고 용감하게 하는 문화도 있다. 유럽 열강을 살펴보면 학술이 발달하고 도덕이 진보하여 나라마다 나날이 강해진다. 이는 그 문화가 동양처럼 인민을 몰아 전제군주한테 스스로 굴복하게 하는 문화가 아니라 자유를 노래하며 모험을 숭상하는 문화이기 때문이다. 한국 사람들이여, 우리나라 장점을 보존하며, 외래 문명의 정수를 취하여 새로운 신국민을 기를 만한 문화를 진흥하여야 한다.

103 평등과 불평등

인류는 인격이 평등이요, 인권이 평등이다. 불평등주의는 인류계의 악마고 생물계의 죄인이다. 그러므로 불평등이 나타나면 도덕이 망하고, 정치가 망하고, 종교가 망하고, 경제가 망하고, 법률이 망하고, 학술이 망하며, 무력이 망하여 세계는 어둠에 묻히고 백성은 모두 죽는다. 불평등이 일으키는 화가 참혹하다.

光武五年辛丑二月七日 申采浩

我來子午谷 知是并州鄉 在昔
上舍公 待我宜諸傍 吾宗大姑母
八耋奉高堂 玉封謝家寶 令我
授詞章 所愧爲人師 不能引誘詳
情若一家厚 寢食共星霜 居然人
事變 鍾門多感傷 幹家有克肖
繼緖思不忘 餘力則以學 孝悌乃
其常 晨省早拜廟 苾芬朔薦
觴 修身莫如禮 齊家得其方 斯
言出肝膈 書贈愧拙荒

친필 한시

丹齋

06

나라를 망하게 하는 대한제국학부

하고 眞番莫과 所在 馬訾는 아모 關係도 업는
것은 보니 이런 錯亂이냐? 이는 다만 그
例를 든 뿐이어니와 통터러 말하자면 우리 朝鮮史
籍에는 盲人의 고기 爭論 갓흔 笑話가 허다
하다
하야 非가수로 朝鮮 才萬學者의 意見이 엇지 섞다 본들
하는 硏究의 基礎와 方法은 대개 錯誤가 만
게 하며

104 아름다움은 애정을 담는 그릇이다.

아름다움은 애정을 담는 그릇이니 애국자를 기르려면 우리 풍속과 풍토와 말과 글과 역사와 종교와 정치와 기타 온갖 것에서 그 특유한 아름다움을 찾아 알게 해 주어야 한다. 그 아름다움을 모르고 애국한다 하면 빈 애국이다.

이를테면 눈으로는 갑이라는 나라의 산수를 아름답다고 사랑하며, 귀로는 을이라는 나라의 음악을 아름답다고 사랑하며, 오직 뇌로만 우리나라를 사랑한다고 하면, 이는 벌써 뼈와 피에 밴 사랑이 아니다.

105 애국심은 부드럽게 스며들도록 교육해야 한다.

애정은 천천히 번지면서 스며들어 자라게 교육해야 한다. 무엇이든지 우리 다섯 가지 감각을 강렬하게 자극하면 도리어 해가 된다. 태양이 새벽에는 미미한 빛으로 시작하다가 차차 환하게 밝아지는 것은 우리 눈에 사랑을 줌이며, 계절이 바뀔 때도 추위와 더위가 천천히 바뀌는 것은 우리 몸에 사랑을 줌이다. 만일 이와 반대로 갑자기 불이 되거나 문득 얼음이 되거나 하면 우리는 신경이 과민하게 되어 병이 들고, 우주에 대한 불안감에 견딜 수 없을 것이다.

애정을 교육하는 일도 이와 같아서 물에 천천히 젖어들듯이 하며, 싹을 천천히 틔우듯이 하며, 자기도 모르게 들어가도록 해야 깊은 정이 된다. 학교 교육에서나 사회 교육에서나 항상 이 점에 주의하여 "애국하라! 애국하라!"

큰소리로 가르치지 말고 조국 위인이 살아온 이야기를 하며, 지역 산천에 대한 책을 읽게 하여, 자기가 사는 나라에 대한 생각을 깊게 하는 것이 낫다.

106 때로는 격한 감정도 신성하다.

애정과 다른 방면에서는 격한 감정도 신성하다. 전제군주제를 깨고 역사에 민주주의 꽃을 피우게 한 프랑스 혁명도 격한 감정으로 된 것이며, 권리를 찾아 자유의 종을 울린 미국의 독립도 격한 감정으로 된 것이다.

나의 정신과 권리가 남에게 억압당하고 빼앗길 때는 분개하고 슬퍼하며 칼과 총 앞에서도 죽기를 무릅쓰고 격렬하게 맞서 나가는 것은 감정의 작용이다. 따라서 감정이 없다면 어찌 사람 노릇을 하며, 나라가 나라 노릇을 하겠는가.

그러나 나라에 대한 깊고 굳은 애정이 있어야 그에 따라 감정도 깊고 굳게 나타난다. 만일 애정이 엷은 데서 감정이 깊기를 바라면 이는 사막에서 풀을 보려는 것이다.

107 나라를 망하게 하는 도덕을 배척한다.

어떤 사람이 우리나라가 망한 까닭을 도덕이 무너졌기 때문이라고 하면, 나는 절대 아니라고 꾸짖으며 배척하겠다. 내가 도덕을 배척함이 아니라 그가 말하는 도덕이 편협한 도덕이며, 버려야 할 도덕이며, 나라를 일어나게 할 도덕이 아니라 오히려 더 멸망케 할 도덕이기 때문에 배척하는 것이다.

108 나라를 망하게 하는 도덕 1

첫째

도덕에 대한 잘못된 관념이다.

용맹과 굳셈은 도덕이 아니라고 하고, 부드럽고 온순한 것만 도덕이라 한다.

그 폐해로 문약(文弱)하고 겉으로는 선한 척하면서 뒤로는 부패하게 된다.

이런 도덕은 나라를 망하게 하는 도덕이다.

109 나라를 망하게 하는 도덕 2

둘째

복종에 대한 편중이다.

신하만 군주에게 복종하고, 어린이만 어른에게 공경하라는 것만 도덕이라고 하고,

상급자가 옳지 못한 짓을 해도 하급자가 이를 교정함을 허락하지 않는 것을 도덕이라 한다. 이런 도덕은 온 세상을 몰아 노예로 만들어 나라를 망하게 하는 도덕이다.

110 나라를 망하게 하는 도덕 3

셋째

공과 사가 바뀌는 도덕이다.

개인이 개인에게 지켜야 하는 도덕은 사덕(私德)이요.

개인이 사회와 국가에게 지켜야 하는 도덕은 공덕(公德)이다.

사덕은 작은 도덕이고, 공덕은 큰 도덕이다.

유가(儒家)의 도덕은 군신과 부자와 부부와 붕우 사이의 도덕만 중요하게 가르치니

이는 사덕이지 공덕이 아니다.

111 나라를 망하게 하는 도덕 4

넷째

소극이 너무 크고 심하다.

의로운 일에 꼭 나서라고 하는 것보다

불의에 굴복하라는 교훈이 더 많으며

항상 적극적인 행동보다 소극적인 행동에 더 주의하게 한다.

소극적인 도덕도 사람 사는 세상에 없을 수 없는 도덕이지만

그러나 너무 소극적 도덕에 편향한 도덕 또한 나라의 멸망을 재촉하는 도덕이다.

112 나라가 망한 국민의 도덕

도덕은 하나뿐이지만 그 조건은 경우에 따라 바뀌는 것이다.

전제 시대 도덕이 공화 시대에 맞지 않으며, 평화 시대 안민주의가 파괴 시대에 맞지 않는다. 우리는 역사가 그친 대한 끝 날에 온 나라가 망한 국민이다. 따라서 나라가 있는 국민의 도덕과 달라야 한다.

우리가 망국민으로서 미국 국민과 같이 평화를 부르면 돈은 벌지언정 노예는 면하지 못하며

영국 국민같이 보수(保守)에 힘쓰면 생명은 가질지언정 원수는 갚지 못할 것이다.

그러므로 우리는 오늘 나라를 망하게 하는 나쁜 도덕도 다 버려야 하고

다른 강대국 국민의 도덕도 무조건 따라서는 안 된다.

113 생존과 이해

인류는 생존이 목적이라
생존에 맞는 것은 이(利)라 하며,
생존에 반대되는 것은 해(害)라 한다.
인류에 이로운 것은 정(正)이라고 하고,
해로운 것은 사(邪)라고 한다.
윤리, 도덕, 종교, 정치, 풍속, 습관 모든 것이
모두 이해(利害) 두 글자 아래서
비평하는 것이다.

114 망한 나라 생존법

나라가 망한 우리가 이 세계에서 생존하려면 오직 이해에 맞게 활동해야 한다.

칼을 들고 싸워야 우리에게 이로우면 칼을 들고 싸우고

눈을 감고 평화를 찾는 것이 우리에게 이로우면 윤리에 힘쓰며

폭동과 암살로 적의 치안을 흔드는 것이 이로우면 그렇게 해야 한다.

이 세계 안에 무릇 우리에게 이로운 것은 환영하여 수입해야 한다.

115 망국민과 법

이제는 나라도 없어졌도다. 민족도 죽었도다. 다시 살자면 특별히 정신을 차려야 된다. 그런데도 오히려 악적 일본의 속임에 귀를 기울여 치안을 방해하지 말라 하면 이를 옳게 알며, 법에 복종하라 하면 이를 높이 보아 원수의 명령을 지키라고 한다.

식민지 법은 나라 없는 놈이 나라를 찾으려고 만든 것이 아니라 나라 있는 놈이 나라 없는 놈을 속박하려고 만든 것이며, 권리 없는 놈이 권리를 찾으려고 만든 것이 아니라 권리 있는 놈이 권리 없는 놈을 압박하려고 만든 것이다. 나라도 권리도 없는 우리가 울며 겉으로 법에 복종하는 척은 할 수 있지만 성심으로 법률에 복종하면 이는 영혼까지 자살하는 것이다.

116 개인 생존과 민족 생존

생존을 유지하기 위하여 시비를 묻지 않고 이해만 보라고 했다. 그러면 매국자도 일신의 생존을 위함이며, 왜놈 밀정도 자신이 생존을 위함이니 이도 죄가 없다 할까?

아니다. 아니다. 내가 말하는 생존은 개인의 생존이 아니라 민족의 생존이며, 껍데기 몸의 생존이 아니라 알맹이 정신의 생존을 말함이다. 개인과 몸의 생존만 알면 이는 짐승의 생존이고, 정신과 전체의 생존을 알아야 비로소 사람의 생존이라고 할 수 있다.

나는 사람의 생존을 위하여 이해를 가리라 한 것이지 짐승의 생존을 위하여 이해를 가리라고 한 것이 아니다.

117 열사와 노예

자기 몸을 희생해서라도

전체를 살리려 하는 열사는

적국과 싸우다가 모든 국민이

백골을 태백산같이 쌓아 놓고

명예롭게 멸망할지언정

노예가 되어 구차한 생존을 바라지 않는다.

노예로 구차하게 사는 것은 사는 것이 아니다.

118 정치와 풍습의 억압

정치의 압박을 받는 사회에서는 천재가 날 수 있으나 풍습으로 억압을 받는 사회에서는 천재가 나지 못한다. 풍습으로 억압을 받는 사회란 나쁜 도덕과 법률이 인심을 구속하고, 관습이 성경이 되고, 복종이 미덕이 되어 아무리 뛰어난 용사라도 그 범위를 뛰어나갈 수 없는 사회다. 수백 년 조선이 그런 사회였다.

119 동화되는 모방과 동등한 모방

지금 한국 사회가

외국 사회를 모방해도 되는가?

누구는 된다고 하고

누구는 안 된다고 한다.

나는 외국 사회에

동화되는 모방은 안 되지만

동등한 모방은 좋다고 생각한다.

120 조선인과 유대인

세계 1차 대전 이전까지 서양 각국 사람들이 유대인을 놀리고자 하면 지폐 한 장을 내어 들고 "유대국 국기를 보시오. 이것이 유대국 국기올시다" 하였다고 한다. 그러더니 그 국기 밑에서 유대국이 마침내 부활하였다. 내 생각에는 조선인이 유대인이 되기는 그리 어려운 일이 아닐 것 같다. 세상의 장단을 맞추어 나가는 데는 조선인도 썩 재주가 있는 민족이기 때문이다. 조선에서 금전이 제일이라고 좋아하는 소리가 높아질수록 조선 전 사회가 금전만 알게 될 것이니 유대인 되기가 어렵지 않다.

121 조선국과 유대국

조선국도 유대국처럼 부활 되겠느냐. 이는 정말 어려운 일이다. 유대국이 부활할 수 있는 원인은 금전의 국기뿐 아니라 언어, 종교, 단결력 들.을 무기로 그 국기를 보호하며 세계 도처를 돌아다니던 민족으로 원래 정신이 멸망하지 않았으니 오늘날 부활이 희귀할 것이 없다. 그러나 조선인이 만일 금전주의로 나간다면 인류가 서로 사랑해야 한다거나 협조해야 한다는 이름까지 잊어버리기 쉽다. 민족운동이나 사회운동 같은 것도 꿈속에서도 다시 보기 어려울 것이다. 만일 우리말이나 한글이 돈벌이에 불편하다고 하면 헌신짝처럼 벗어 버리듯 할 테니 유대국처럼 부활하기가 어려울 수 있다.

122 금전과 지옥

만일 유대와 같이 금전으로 조선을 부활시키려다가는 조선은 아주 지옥에 들어가는 날이 될 것이다.

그러면 조선을 구하자면 금전을 배척해야 할까? 지구촌 세계가 모두 공산사회가 되기 전에는, 개인이나 나라가 가난해서는 생존하기 쉽지 않을 것이다.

123 조선을 되살리는 방책

금전주의로 조선이 지옥이 되는 참화를 무엇으로 구할 것인가? 금전이 드나드는 곳마다, 커다란 흑면(黑面) 적혈(赤血)의 신(神)이 따라다니며 외워 가로대

금전 이외에 조선도 있다.
금전 이외에 동지도 있다.
금전 이외에 동족도 있다.

금전 가진 자의 귓속에 항상 끊어지지 않게 외워 말하며, 금전으로 수단을 삼되 그 이외의 목적을 찾도록 하면 조선을 되살리는 방책이 될 수 있다. 그러나 그 신이 누구냐. 공자냐, 석가냐, 예수냐, 선비냐, 노동자의 노력이냐, 창해 역사의 쇠뭉둥이냐.

124 아무것도 가진 것이 없는 우리

1928년 무진년 용띠 해 1월 1일 아침에 일어나 보니

우리 조선 민중은 아무것도 가진 것이 없다. 가진 것이 있다면 오직 고통 그것뿐이다.

나는 무진년을 그 고통을 이겨내는 성년(聖年)으로 믿는 동시에 우리 조선 민중의 노력을 빌면서 말을 마친다.

125 나이 사십을 지나다.

지난 날 나라의 운명이 절박함을 통곡하고 분연히 일어나 붓을 내던지고 몇몇 열사와 함께 나라를 위하여 죽음을 무릅쓰고 적과 싸우기를 기도하였습니다. 그러나 벌써 정세는 더욱 틀려지고, 기회는 더욱 멀어져 안타깝게도 부질없이 머리만 어루만지는 동안 어느덧 천한 나이 사십을 지났습니다.

126 나라를 망하게 하는 대한제국학부(교육부)

최근에 학부에서 소위 교과서 검정 기준을 발표한 것을 보고 이를 통탄하며 미친 듯 취한 듯 여러 사람들 의견이 분분하다. 교과서 검정 기준을 보니 정치 관련해서는 편협한 우국심을 고취하는 내용은 안 된다 하고, 사회 관련해서는 현재 한국인의 사상을 바꾸려는 내용은 안 된다 하고, 교육 관련으로는 국가 의무를 논술하는 내용은 안 된다고 한다.

을사년과 정미년 이후 속으로 학부가 한국이 망하게 해오던 일을 이제는 겉으로 만천하에 드러냈다.

* 을사년은 1905년 을사늑약, 정미년은 1907년 고종황제를 퇴위시키고 군대 해산을 시킨 일을 말한다. 이후 대한제국학부(현 교육부)는 노골적으로 한국이 아니라 일본 편에 선다. 1909년 3월 1일 학부에서 교과서 검정 기준 8가지를 발표했는데, 8가지 기준 하나하나를 비판하였다.

여순 감옥

丹齋

07

대한민국 임시정부 이승만 대통령을 탄핵한다

127 조선의 도덕과 이념이 되어야 한다.

조선은

석가가 들어오면

조선의 석가가 되지 않고 석가의 조선이 되며,

공자가 들어오면

조선의 공자가 되지 않고 공자의 조선이 되며,

무슨 주의(主義)가 들어와도

조선의 주의(主義)가 되지 않고

주의(主義)의 조선이 되려 한다.

그리하여

도덕과 이념을 위하는 조선은 있고,

조선을 위하는 도덕과 이념은 없다.

나는

조선의 도덕과

조선의 이념을 위하여 곡(哭)하려 한다.

128 나는 거꾸로 서서 죽겠다.

어떤 조사(祖師)가 죽을 때 그 제자들과 이런 문답을 하였다.

"누워 죽은 이는 있지만 앉아 죽은 이도 있느냐?"

"있습니다."

"앉아 죽은 이는 있지만 서서 죽은 이도 있느냐?"

"있습니다."

"바로 서서 죽은 이는 있지만 거꾸로 서서 죽은 이도 있느냐?"

"그런 이는 없습니다."

"그러면 나는 거꾸로 서서 죽으리라."

하고는, 머리를 땅에 박고 두 발로 하늘을 가리켜 거꾸로 서서 죽었다.

우리 사회는 이와 반대가 되어 남이 체해서 간장을 떠먹으면 나도 간장을 떠먹으면서 죽기로 남을 따라간다.

어느 나라나 시대 조류를 안 밟으랴마는 무슨 주의, 무슨 사상을 무조건 따라가니 이는 노예 사상이다.

사람이 이미 사람 노릇을 못 할진대 노예와 괴물 중에 무엇이 더 나으랴. 나는 차라리 괴물을 취하리라.

129 김춘추와《별주부전》

김춘추가 백제를 치기 위해 연개소문과 동맹을 맺으려고 고구려에 갔는데, 백제 부여성충 술책 때문에 오히려 연개소문한테 잡혀서 감옥에 갇혀 죽게 되었다. 김춘추가 몰래 고구려 대신 선도해한테 선물을 보내면서 살려 달라고 빌었다. 선도해가 선물을 받고 책을 한 권 주었는데, 그 책이《별주부전》이다.

토끼가 용왕국에 가면 높은 벼슬을 받을 수 있다는 거북이 말을 믿고 따라갔다. 그런데 용왕국에 가 보니 벼슬이 아니라 용왕 병을 고치기 위해 간을 빼겠다고 했다. 이에 놀란 토끼가 "저는 달에서 살다 온 자손이라 보름달 때 간을 빼 놓았다가 달이 기울 때 다시 넣어야 하는데, 마침 용궁에 올 때 간을 빼 놓을 때라서 금강산에 빼 놓고 왔으니 가져다 드리겠다"고 했다. 다시 거북이 등을 타고 온 토끼가 땅에 닿자 거북이를 놀리고, 깡총 뛰어 달아났다.

이 책을 본 김춘추가 선도해 뜻을 알고 "제가 신라에 돌아가면 왕을 설득해서 진흥왕 때 빼앗은 고구려 땅을 돌려주겠다"고 했다. 연개소문과 약속을 하고 돌아왔는데, 국경에 이르자 고구려 사자를 돌아다보며 "땅은 무슨 땅이냐. 어제 약속은 죽음에서 벗어나려고 거짓말을 한 것이다" 하면서 토끼같이 뛰어 돌아왔다.

130 조선인 무산자와 일본인 무산자가 같지 않다.

지난 해 상해에서 발간하는 주간신문에
한 유명인사가 아래와 같은 글을 썼다.

"조선인 중에도 유산자(有産者)는 세력 있는 일본인과 같고, 일본인 중에도 무산자(無産者)는 가련한 조선인과 한가지다. 그러니 우리 운동을 민족으로 나눌 것이 아니라 유무산(有無産)으로 나누어야 한다."

나도 유산계급에 속하는 조선인과 일본인은 같다는 말을 인정한다. 그러나 일본인 무산계급을 조선인 무산계급과 같다고 보는 것은 몰상식한 언론이라고 생각한다.

일본인은 아무리 무산자라고 그래도 그 뒤에 일본제국이 있어 위험이 있을까 보호하며, 재해를 당하면 보조하며, 자녀가 나면 교육을 받을 수 있게 하여 조선의 무산자보다 호강한 생활을 누린다.

뿐만 아니라
조선으로 온 일본인 무산자들은
조선인 생활 터전을 빼앗는 식민의 선봉에 있다.

따라서
일본인 무산자를 환영함은 곧
식민의 선봉을 환영하는 것이다.

* 식민(植民)이란 다른 나라를 침략해서 뺏은 땅에 자기 나라 사람을 보내서 살게 하는 것이다. 곧 일본제국이 조선을 침략해서 땅을 빼앗고, 그 땅에 일본인을 이주시켜서 살게 하는 것이 식민이다. 대부분 일본인 무산자들이 그런 식민의 선봉에 서 있었다.

131 선과 악이 무엇이냐.

선이 무엇이며 악이 무엇이냐.

사람을 돕는 것이 선이라 하면

선의 소극적 행동인 사람을 돕지 않는 것이 악이며,

사람을 죽이는 일이 악이라 하면

악의 소극적 행동인 사람을 죽이지 않는 것이 선이다.

사람을 도우려면 돈의 힘이 가장 크다.

그러면 적극적으로 선을 행하든지 소극적으로 악을 행함이

오직 돈을 가진 자들의 일이 아니냐.

사람을 죽이려면 총칼의 힘이 가장 크다.

그러면 적극적으로 악을 행하거나 소극적으로 선을 행함이

오직 총칼의 힘을 가진 자의 일이 아니냐.

돈이나 총칼의 힘이 없는 자는

소극적인 선도 할 수 없지만

적극적인 악도 할 수 없다.

돈이나 총칼의 힘이 없는 자는

적극적인 악도 할 수 없지만

소극적인 선도 할 수 없다.

선도 악도 할 수 있는 힘이 없는 자는 끝내

선도 악도 할 수 있는 힘이 있는 자들의 노예가 된다.

132 노예도 사람이냐.

노예도 사람이냐.

일반 노예들은 힘센 자들이 선을 베풀면 코가 땅에 닿도록 백배 치사하며

힘센 자들이 오만방자하게 악을 행하면 땅에 엎드려 손이 발이 되게 애걸한다.

힘센 자들은 백 가지 방법으로

힘없는 사람들 피를 빨아 먹으며, 살을 긁어 가고

반항하면 총칼로 위협하고, 그래도 굴복하지 않으면 총칼을 사용한다.

그리하여 각종 비극을 낳는다.

노예가 사람은 아니나 사람 영성은 가지고 있기 때문에

설혹 힘센 자들이 항상 선을 베풀지라도 노예 된 자들은 슬프다.

하물며 힘을 가진 자들이 오만방자하게 악을 행하면 그 비극을 어찌할 것인가.

이에 일반 노예들이 각기 없는 힘을 다하여
힘센 자들의 돈과 총칼에 맞서는 방법을 말하니
이른바 '저주(咀呪)' 그것이다.

133 저주란 무엇이냐.

저주란 무엇이냐.

갑이 을에게 깊은 원한이 있어 원수를 갚으려 해도 힘이 없고

그만두려 해도 도저히 용서가 안 되고 마음이 허락하지 않는다.

이에 을의 얼굴을 그려 놓고 그 눈도 빼어 보고, 목도 베어 본다.

또는 을의 이름을 소리쳐 부르며 말한다.

염병에 죽어라.

괴질에 죽어라.

벼락에 죽어라.

급살에 죽어라.

얼른 생각하면 백년의 저주가

적의 털 한 오라기 뽑지 못할 듯하지만 그렇지 않다.

한 사람, 두 사람, 백 사람, 천 사람, 만 사람….

저주를 받는 자는 불과 몇 년에 불꾸러미가 그 지붕 위에 올라가며

새파란 칼날이 그 살찐 배때기를 찔러 신음할 사이도 없이 죽는다.

거룩하다 저주의 힘이여, 약자의 유일한 무기여.

134 저주는 약자의 거룩한 무기다.

돈과 총칼의 힘으로 억압할수록
그에 대항하는 저주의 힘도 커진다.

이따금 어질고 뜻있는 지식인이나 힘을 가진 사람이
저주사로 현신하여 억조 민중을 지도하여 적을 저주할 때
철학으로 그 저주의 근거를 세우며
문학으로 그 저주의 현상을 그리어
그 저주의 불길이 구름 위까지 솟구친다.

《민약론》,《자본론》 같은 건 노골적인 저주의 문자며
입센의 《민중의 적》, 톨스토이의 《안나 카레리나》 같은 작품도
부드러움 속에 예리한 칼날을 숨긴 저주다.

인류 역사에서 돈과 총칼의 힘을 갖고도
민중의 저주로 망한 자가 몇 명이더냐.
앞으로도 민중의 저주에 망할 자가 몇 명이겠는가.
백만, 천만 사람의 얼음과 불같은 저주에는
돈도 쓸 데 없고, 총칼도 쓸 데 없다.

거룩하다. 저주의 힘이여.
돈 없고 힘도 없는 약자의 유일한 무기는 저주다.

저주는 힘없는 자들이 행복을 얻으려는 것이 아니라
돈과 총칼로 억압하는 자들의 불행을 바라는 것이니
거룩한 저주는 돈에 넘어가지 않으며
총칼의 위협에 물러서지 않으며
오직 목적을 이룬 뒤에야
그 소리가 저절로 그치는 것이다.

135 대한민국 임시정부 이승만 대통령을 탄핵한다.

우리 2천 만 형제자매를 향하여 이승만과 정한경이 미국에 위임통치청원서를 제출하여 매국·매족한 사실을 알리며, 그 죄를 성토한다.

1921년 3월 초, 이승만이 미국에 우리나라를 위임통치해 달라는 청원서를 냈다고 한다.

우리는 5천 년 독립해 온 오래된 나라다. 지금 야만국 일본의 침략을 받아 10년 혈전을 계속하여 왔고, 국내외 온 민족이 독립을 부르며 싸웠다. 이승만은 10년 동안 식민지 고통을 잊었던가? 독립을 위하여 총칼과 악형에 죽은 선충선열이 계심을 몰랐던가? 갑자기 조선을 미국 식민지로 해 달라는 위임통치청원서를 제출하여 매국·매족의 행위를 감행하였도다.

오늘에 와서 이런 사실 전부가 폭로되어 우리 국민이 용인하지 못하겠도다. 이에 이승만의 죄상을 선포하며, 미국 정부에 대하여 이승만은 이천 만 민족을 대표하는 자가 아니니 청원은 무효임을 밝혀 둔다.

* 1921년 4월 19일 신채호 외 53명이 성토문을 발표하고, 대한민국 임시정부 의정원에 당시 대한민국 임시정부 대통령이던 이승만에 대한 탄핵 발의안을 내서 격론 끝에 파면시켰다.

丹齋

08

시와 편지

草本은 보내는 同時에 이 갓치 두어 마듸로 머리에 쓰노라

乙丑八月十六日 申采浩

136 금강산

금강산 좋다 마라

단풍만 피었더라

단풍 잎새 잎새

가을빛만 자랑 터라

차라리 몽골 너른 사막에

큰 바람을 반기리라.

137 고려영

고려영 지나가니

눈물이 가리워라

나는 글쟁이라

연개소문을 그리랴만

가을 풀 우거진 곳에

옛 자취 설워하노라.

* 고려영(高麗營) : 북경에 있는 고려영. 신채호는 이 마을 이름을 보고 고구려 군대가 주둔했던 곳으로 해석하고 쓴 시.

138 잘못

나는 잘못 듣고 너는 잘못 말하고

잘못을 고치려 해도 누가 맞는지

사람이 땅에 날 때부터 잘못인데

잘못된 것 잘 쓰면 성인이 되지

139 역사를 읽고

송나라 선비가 형경을 가리켜
자객이라 하니 천추에 애달프다
자기들은 남쪽으로 도망가서도
화살 하나 쏘아 보지 못한 주제에.

* 송나라 주자가 진시황을 죽이려다 실패한 형경(형가)을 자객이라고 쓴 책을 보고 자기들은 나라가 망해서 남쪽으로 내려간 뒤에 적을 향해 화살 한 번 쏘지 못한 주제에 형가를 협객이라고 하지 않고 자객이라고 한 것을 비판한 시.

140 안태국과 작별하며

큰 바람에 천지가 먼지로 가득한데

그대 홀로 쓸쓸히 동쪽으로 가네

눈 내리면 칼을 들고 형경 이야기

봄이 오면 왕건이 태어난 이야기

깊은 밤 등불 아래 임진 역사 같이 쓰고

들판에 노인들과 갑오년 이야기했지

칼을 들어 왜적 쳐서 시대를 안정시키고

숲속 샘가에 누워 달빛 아래 거문고 타세.

* 함께 독립운동을 하던 안태국(安泰國)이 떠나는 길을 작별하면서 써 준 시. 임진왜란 역사를 같이 썼다고 함. 갑오년은 동학혁명이 일어난 1894년을 가리킴.

141 기생 연옥에게 선물하는 시

비바람 싸늘한 상해의 봄꽃

고운 모습 길가에서 시드는

어여쁜 저 아가씨 조선 여자라

영웅이 아니라 의인을 위해 우네

142 가을밤에

외롭게 깜빡이는 등불 아래 님의 시름 같이하며

등불 심지 다 타도록 내 맘 하나 자유롭지 못하도다.

하늘 향해 창을 들어 무너지는 나라 못 돌이키고

무딘 붓을 들고 우리나라 역사를 쓰고 있네

나라 떠난 10년이라 수염에 서리가 내리고

아파 누운 깊은 밤에 달빛만 누각에 비쳐 드네

고국의 농어회 맛 참 좋다 말하지 마라

오늘은 땅이 없거늘 어디다 배를 맬꼬

* 전국시대 노양공이 적과 싸우는데 해가 지려고 하자 창을 들어 해를 가리키니 해가 넘어가지 않아 싸움에 이겨 나라를 구했는데 자신은 이처럼 나라 운명을 바꾸지 못하고 10년을 떠돌며 역사를 쓰는 사이 수염이 하얗게 되었는데도 돌아갈 고국 땅이 없다는 뜻.

143 백두산 가는 길 1

인생 사십 년 지루하기도 하다.

가난과 병이 잠시도 안 떨어지고

한스럽다 산도 물도 다한 곳에서

마음대로 울거나 노래도 어렵다.

144 백두산 가는 길 2

남북으로 돌아치며 세월만 흐르네

오는 것도 그러려니 가는 것도 그러려니

세상 모든 일을 스스로 정해야지

남 따라 다니는 것이 가장 가련해

145 선달 그믐밤에 동지들과

등불 아래 모여 글 읽는 가을처럼

오늘 밤 나그네들 마루에 모여 앉았네

슬프다 하늘 아래 집 없는 나의 동지들

세월은 물 흐르듯 빨리도 가니

왜적을 쳐 평정할 날 약속하세나

미덥다 높은 산은 우리 백두산

술병을 다 비워도 취하지 않고

창밖엔 눈바람만 우수수 불어친다.

* '왜적'의 원문은 창해다. 창해는 동해로 일본을 뜻하기에 왜적으로 바꾸었음.

146 북경에서

외롭고 쓸쓸한 밤 불심지 돋우고 앉아 있음은

경신 날 여섯 밤을 새우는 일 아니라

재능 없어 후손 노릇 못 하는 게 부끄러워

마음이 시달리는 괴로움이 없었다면

태어나기 전 일을 깨달았을 텐데

살기 어려운 세상이니 손님 되기도 어렵다.

봄이 오는 소리가 들리는 듯하나

하루 아침 가난과 부자가 이리도 다른가

우정도 변하는 것 비로소 알겠구나.

* 경신(庚申) 날을 여섯 번 새우면 불로장생한다는 말이 있음. 세상이 살기 어려우니 친구 집에 손님으로 가는 것도 어렵다는 뜻. 이 무렵 신채호가 식량이 떨어져서 오래된 친구한테 얻으러 갔으나 빌리지 못하고 와서 힘들어하던 때.

147 분하다

허튼 소리 본시부터 6경에 있지

진시황이 불 한 번 잘도 질렀네

한스럽다 그날에 다 못 태우고

한나라 때 복생이 또 있었구나.

* 중국의 여섯 경전을 진시황 때 다 태웠는데 몰래 숨겨 놓은 책이 좀 있었고, 복생 이라는 박사가 나이가 90인데 그때까지 외우고 있어서 책을 다시 만들었다. 신채호는 유학 경전 때문에 조선이 망했다고 보기 때문에 진시황 때 대 태우지 못한 것을 분하게 생각한 시다.

148 가르침

시간은 오래오래 길게 있고
공간은 사방팔방 넓게 있고

그 한가운데서 갑자기
네가 팔을 휘두르며 나왔도다.

단군 시조님께 절하고
부처를 형님이라 부르며

마귀들을 채찍으로 때리며
호랑이 타고 지름길로 가도다,

하늘에서 큰 철퇴가 내려와
지구를 산산이 부숴 버리면

잘난 사람 못난 사람 모두 흩어져
그 먼지들이 온 세상에 흩날리니

오직 없어지지 않는 굳센 마음이
하늘을 밝히는 참된 길을 밝혀 주리라.

149 안창호에게 보낸 편지 1

여러 번 편지를 받아서

형님이 안녕하신 줄 알았습니다.

아우는 몸은 한 모양이나

마음은 항상 여러 가닥입니다.

미국으로 오라는 연락은 받았으나

아직 이곳을 떠나지 못할 일이 있습니다.

단기 4244년(서기 1911년) 9월 8일 아우 신채호

150 안창호에게 보낸 편지 2

요즘 나라 안과 밖의 나쁜 일을 모두 자세히 말씀드릴 겨를이 없습니다. 나라 안에 남아 있던 동지들은 이미 모두 붙잡힐 위험에 빠져 있고, 나라 밖으로 나간 동지들은 또 다시 사방으로 흩어져 모두 어려운 구덩이에 빠졌습니다. 이같이 어렵고 힘든 일이 계속되니 앞으로 나갈 빛을 어디서 찾겠습니까?

또한 스스로 돌아보건대 일을 기획하는 데는 재주가 없어 큰일을 잘 처리하기는 어려운 일이라 제가 맡을 일이 아닙니다. 하늘이 사람을 냄에 각각 그 맡은 일이 있을 터인데 어찌 억지로 하겠습니까?

미국 사정은 저 또한 대략 알고 있습니다. 그러나 이미 회원들의 부탁을 받아들여야 하기 때문에 이같이 우러러 형에게 아뢸 뿐입니다.

단기 4245년(서기 1912년) 11월 1일 아우 신채호 올림

* 안창호가 미국으로 오라고 하나 일이 있어 가지 못한다는 답장.

151 벽초 홍명희 형에게

산같이 쌓였던 말이 붓을 잡고 보니, 물같이 새어 버리는 것 같습니다. –형에게 한마디 말을 올리려고 이 붓이 떱니다. 그러나 억지로 참습니다. 참자니 가슴이 아픕니다마는 말하려니 뼈가 저립니다. 그래서 아픈 가슴을 부둥키어 쥐고 운명이 정한 길로 갑니다.

두 아들

| 색인 |

1. 한 나라 생각 -《단재 신채호 전집》개정판 하, 1977, 형설출판사, 402쪽
2. '큰 나'와 '작은 나' 1 -《단재 신채호 전집》개정판 별책, 1979 재판본, 형설출판사, 100쪽
3. '큰 나'와 '작은 나' 2 -《단재 신채호 전집》개정판 별책, 1979 재판본, 형설출판사, 101쪽
4. '큰 나'와 '작은 나' 3 -《단재 신채호 전집》개정판 별책, 1979 재판본, 형설출판사, 102쪽
5. '큰 나'와 '작은 나' 4 -《단재 신채호 전집》개정판 별책, 1979 재판본, 형설출판사, 102쪽
6. '큰 나'와 '작은 나' 5 -《단재 신채호 전집》개정판 별책, 1979 재판본, 형설출판사, 104쪽
7. '큰 나'와 '작은 나' 6 -《단재 신채호 전집》개정판 별책, 1979 재판본, 형설출판사, 104쪽
8. '큰 나'와 '작은 나' 7 -《단재 신채호 전집》개정판 하, 1977, 형설출판사, 84쪽
9. 아(我)를 넓히다. 1 -《단재 신채호 전집》개정판 하, 1977, 형설출판사, 157쪽
10. '나'와 '나'의 싸움 -《단재 신채호 전집》개정판 하, 1977, 형설출판사, 184쪽
11. 아(我)를 넓히다. 2 -《단재 신채호 전집》개정판 하, 1977, 형설출판사, 157쪽
12. '나'와 '나'의 만남 -《단재 신채호 전집》개정판 하, 1977, 형설출판사, 185쪽
13. 역사란 무엇이냐? -《단재 신채호 전집》개정판 상, 1977, 형설출판사, 31쪽
14. 무엇이 나고 무엇이 남인가? -《단재 신채호 전집》개정판 상, 1977, 형설출판사, 31쪽
15. 나 안에도 나와 남이 있다. -《단재 신채호 전집》개정판 상, 1977, 형설출판사, 31쪽
16. 역사가 되려면 상속성과 보편성이 필요하다. -《단재 신채호 전집》개정판 상, 1977, 형설출판사, 32쪽

17. 역사가 되려면 '나'라는 의식이 있어야 한다. -《단재 신채호 전집》 개정판 상, 1977, 형설출판사, 32쪽
18. 역사의 바꿀 수 없는 원칙 -《단재 신채호 전집》 개정판 상, 1977, 형설출판사, 32쪽
19. 정신의 확립과 환경에 대한 순응이 필요하다. -《단재 신채호 전집》 개정판 상, 1977, 형설출판사, 33쪽
20. 조선 역사는 조선 민족이 주인이다. -《단재 신채호 전집》 개정판 상, 1977, 형설출판사, 33쪽
21. 역사는 사실을 적어야 한다. -《단재 신채호 전집》 개정판 상, 1977, 형설출판사, 35쪽
22. 역사를 구성하는 3대 원소 -《단재 신채호 전집》 개정판 상, 1977, 형설출판사, 36쪽
23. 역사는 사회가 표준이다. -《단재 신채호 전집》 개정판 상, 1977, 형설출판사, 68쪽
24. 개인과 사회의 자성(自性)은 어떻게 만들어질까? -《단재 신채호 전집》 개정판 상, 1977, 형설출판사, 68,69,70쪽
25. 항성과 변성이 균형을 이루어야 한다. -《단재 신채호 전집》 개정판 상, 1977, 형설출판사, 71쪽
26. 역사를 연구할 때는 재료 선택이 중요하다. -《단재 신채호 전집》 개정판 중, 1977, 형설출판사, 43쪽
27. 조선을 주체로 써야 참조선사다. -《단재 신채호 전집》 개정판 중, 1977, 형설출판사, 132쪽
28. 어떤 나라가 망한 나라냐. -《단재 신채호 전집》 개정판 별책, 1979 재판, 형설출판사, 91쪽
29. 우리는 4천 년 독립국가다. -《단재 신채호 전집》 개정판 별책, 1979 재판, 형설출판사, 90쪽
30. 남의 힘으로 독립하면 노예가 된다. -《단재 신채호 전집》 개정판 별책, 1979 재판, 형설출판사, 96쪽
31. 영웅이 기회를 만든다. -《단재 신채호 전집》 개정판 별책, 1979 재판, 형설출판사, 114쪽
32. 정신적 국가와 형식적 국가 -《단재 신채호 전집》 개정판 별책, 1979 재판, 형설출판사, 160쪽
33. 망한 나라와 망하지 않은 나라 -《단재 신채호 전집》 개정판 별책, 1979 재판, 형설출판사, 160쪽
34. 한국 경제가 발전할 것이다. -《단재 신채호 전집》 개정판 별책, 1979 재판, 형설출판사, 225쪽
35. 입헌국 국민 자격을 확장하라. -《단재 신채호 전집》 개정판 별책, 1979 재판,

형설출판사, 225쪽
36. 동포여, 일어나 바꾸자. -《단재 신채호 전집》 개정판 별책, 1979 재판, 형설출판사, 231쪽
37. 역사 연구를 하고 싶습니다. -《단재 신채호 전집》 제7권, 독립기념관 한국독립운동사연구소, 2008, 746쪽
38. 한자(漢字)와 이두(吏讀) -《단재 신채호 전집》 개정판 상, 1977, 형설출판사, 84쪽
39. 불과 벌 -《단재 신채호 전집》 개정판 상, 1977, 형설출판사, 76쪽
40. 수두와 하느님 -《단재 신채호 전집》 개정판 상, 1977, 형설출판사, 77쪽
41. 수두하느님과 신수두하느님 -《단재 신채호 전집》 개정판 상, 1977, 형설출판사, 77쪽
42. 임금과 왕검 -《단재 신채호 전집》 개정판 상, 1977, 형설출판사, 78, 79, 84쪽
43. 선배와 선인 -《단재 신채호 전집》 개정판 상, 1977, 형설출판사, 79쪽
44. 3신과 3한 -《단재 신채호 전집》 개정판 상, 1977, 형설출판사, 79쪽
45. 5제와 5가 -《단재 신채호 전집》 개정판 상, 1977, 형설출판사, 79쪽
46. 3경과 5부 -《단재 신채호 전집》 개정판 상, 1977, 형설출판사, 80쪽
47. 신크치와 신지(神誌) -《단재 신채호 전집》 개정판 상, 1977, 형설출판사, 84쪽
48. 주몽과 추모 -《단재 신채호 전집》 개정판 상, 1977, 형설출판사, 124쪽
49. 고구려와 가우리 -《단재 신채호 전집》 개정판 상, 1977, 형설출판사, 122쪽
50. 조령과 저릅재 -《단재 신채호 전집》 개정판 상, 1977, 형설출판사, 142쪽
51. 신라와 새라 -《단재 신채호 전집》 개정판 상, 1977, 형설출판사, 148쪽
52. 선배와 선인 -《단재 신채호 전집》 개정판 상, 1977, 형설출판사, 160-161쪽
53. 가우라와 라살 -《단재 신채호 전집》 개정판 상, 1977, 형설출판사, 163쪽
54. 한양과 서울 -《단재 신채호 전집》 개정판 상, 1977, 형설출판사, 364쪽
55. 조선과 주신과 숙신 -《단재 신채호 전집》 개정판 상, 1977, 형설출판사, 368쪽
56. 쇠뿔과 마메 -《단재 신채호 전집》 개정판 중, 1977, 형설출판사, 18-19쪽
57. 펴라와 나라 -《단재 신채호 전집》 개정판 중, 1977, 형설출판사, 22쪽
58. 평양과 낙랑과 패수 -《단재 신채호 전집》 개정판 중, 1977, 형설출판사, 137쪽
59. 옛조선과 삼신 오제 -《단재 신채호 전집》 개정판 별책, 1979 재판, 형설출판사, 19쪽
60. 단군 -《단재 신채호 전집》 개정판 별책, 1979 재판, 형설출판사, 19쪽
61. 단군(해임금)과 신한 -《단재 신채호 전집》 개정판 별책, 1979 재판, 형설출판사, 20쪽
62. 3경 5가 -《단재 신채호 전집》 개정판 별책, 1979 재판, 형설출판사, 20쪽

63. 조선의 전성시대 -《단재 신채호 전집》개정판 상, 1977, 형설출판사, 87-88쪽
64. 3조선 -《단재 신채호 전집》개정판 상, 1977, 형설출판사, 91쪽
65. 3조선의 위치 -《단재 신채호 전집》개정판 상, 1977, 형설출판사, 92-93쪽
66. 단군이 조선을 3한으로 세운 까닭 -《단재 신채호 전집》개정판 상, 1977, 형설출판사, 109쪽
67. 부여 -《단재 신채호 전집》개정판 상, 1977, 형설출판사, 114-115쪽
68. 고구려 -《단재 신채호 전집》개정판 상, 1977, 형설출판사, 112, 120쪽
69. 백제 -《단재 신채호 전집》개정판 상, 1977, 형설출판사, 127쪽
70. 가야 -《단재 신채호 전집》개정판 상, 1977, 형설출판사, 143-144쪽
71. 신라 -《단재 신채호 전집》개정판 상, 1977, 형설출판사, 145쪽
72. 화랑 -《단재 신채호 전집》개정판 상, 1977, 형설출판사, 225, 228쪽
73. 진흥대왕 -《단재 신채호 전집》개정판 상, 1977, 형설출판사, 242쪽
74. 고려 -《단재 신채호 전집》개정판 상, 1977, 형설출판사, 360-361쪽
75. 평양 -《단재 신채호 전집》개정판 중, 1977, 형설출판사, 45쪽
76. 확신과 용기 -《단재 신채호 전집》개정판 중, 1977, 영설출판사, 29쪽
77. 국민과 자치력 -《단재 신채호 전집》개정판 중, 1977, 영설출판사, 127쪽
78. 조선 문자 -《단재 신채호 전집》개정판 중, 1977, 영설출판사, 160쪽
79. 세종대왕 은덕 -《단재 신채호 전집》개정판 중, 1977, 영설출판사, 173쪽
80. 국문과 한문 -《단재 신채호 전집》개정판 별책, 1979 재판, 형설출판사, 74쪽
81. 한글과 한국인 -《단재 신채호 전집》개정판 별책, 1979 재판, 형설출판사, 76-77쪽
82. 문학과 독립국 -《단재 신채호 전집》개정판 중, 1977, 영설출판사, 173쪽
83. 시와 국민 -《단재 신채호 전집》개정판 별책, 1979 재판, 형설출판사, 56쪽
84. 시와 국가 -《단재 신채호 전집》개정판 별책, 1979 재판, 형설출판사, 64쪽
85. 시인 -《단재 신채호 전집》제7권. 독립기념관 한국독립운동사연구소, 2008, 742쪽
86. 노래와 우리말 -《단재 신채호 전집》개정판 별책, 1979 재판, 형설출판사, 60쪽
87, 소설과 사회 -《단재 신채호 전집》개정판 하, 1977, 형설출판사, 17쪽
88. 소설과 국민 -《단재 신채호 전집》개정판 별책, 1979 재판, 형설출판사, 64쪽
89. 사회 현실과 문학 -《단재 신채호 전집》개정판 하, 1977, 형설출판사, 21쪽
90. 예술과 존재 -《단재 신채호 전집》개정판 하, 1977, 형설출판사, 22쪽
91. 예술주의 문예와 인도주의 문예 -《단재 신채호 전집》개정판 하, 1977, 형설출판사, 34쪽
92. 역사 읽기 -《단재 신채호 전집》개정판 하, 1977, 형설출판사, 77쪽
93. 제국주의와 민족주의 -《단재 신채호 전집》개정판 하, 1977, 형설출판사, 108쪽

94. 국민의 나라 -《단재 신채호 전집》개정판 하, 1977, 형설출판사, 116쪽
95. 죽음과 발전-《단재 신채호 전집》개정판 하, 1977, 형설출판사, 124쪽
96. 실패와 성공 -《단재 신채호 전집》개정판 하, 1977, 형설출판사, 124쪽
97. 애정과 교육 -《단재 신채호 전집》개정판 하, 1977, 형설출판사, 133쪽
98. 파괴와 보전 -《단재 신채호 전집》개정판 별책, 1979 재판, 형설출판사, 116쪽
99. 책과 국민 -《단재 신채호 전집》개정판 별책, 1979 재판, 형설출판사, 172쪽
100. 국민과 목적지 -《단재 신채호 전집》개정판 별책, 1979 재판, 형설출판사, 175쪽
101. 목적과 선택 기준 -《단재 신채호 전집》개정판 별책, 1979 재판, 형설출판사, 192쪽
102. 문화와 국민 -《단재 신채호 전집》개정판 별책, 1979 재판, 형설출판사, 201쪽
103. 평등과 불평등 -《단재 신채호 전집》개정판 별책, 1979 재판, 형설출판사, 215쪽
104. 아름다움은 애정을 담는 그릇이다. -《단재 신채호 전집》개정판 하, 1977, 형설출판사, 134쪽
105. 애국심은 부드럽게 스며들도록 교육해야 한다. -《단재 신채호 전집》개정판 하, 1977, 형설출판사, 134쪽
106. 때로는 격한 감정도 신성하다. -《단재 신채호 전집》개정판 하, 1977, 형설출판사, 135쪽
107. 나라를 망하게 하는 도덕을 배척한다. -《단재 신채호 전집》개정판 하, 1977, 형설출판사, 137쪽
108. 나라를 망하게 하는 도덕 1 -《단재 신채호 전집》개정판 하, 1977, 형설출판사, 137쪽
109. 나라를 망하게 하는 도덕 2 -《단재 신채호 전집》개정판 하, 1977, 형설출판사, 138쪽
110. 나라를 망하게 하는 도덕 3 -《단재 신채호 전집》개정판 하, 1977, 형설출판사, 138쪽
111. 나라를 망하게 하는 도덕 4 -《단재 신채호 전집》개정판 하, 1977, 형설출판사, 138-139쪽
112. 나라가 망한 국민의 도덕 -《단재 신채호 전집》개정판 하, 1977, 형설출판사, 140쪽
113. 생존과 이해 -《단재 신채호 전집》개정판 하, 1977, 형설출판사, 145쪽
114. 망한 나라 생존법 -《단재 신채호 전집》개정판 하, 1977, 형설출판사, 146-147쪽
115. 망국민과 법 -《단재 신채호 전집》개정판 하, 1977, 형설출판사, 150쪽

116. 개인 생존과 민족 생존 -《단재 신채호 전집》 개정판 하, 1977, 형설출판사, 150쪽
117. 열사와 노예 -《단재 신채호 전집》 개정판 하, 1977, 형설출판사, 151쪽
118. 정치와 풍습의 억압 -《단재 신채호 전집》 개정판 하, 1977, 형설출판사, 154쪽
119. 동화되는 모방과 동등한 모방 -《단재 신채호 전집》 개정판 별책, 1979 재판, 형설출판사, 150쪽
120. 조선인과 유대인 -《단재 신채호 전집》 개정판 하, 1977, 형설출판사, 156쪽
121. 조선국과 유대국 -《단재 신채호 전집》 개정판 하, 1977, 형설출판사, 157쪽
122. 금전과 지옥 -《단재 신채호 전집》 개정판 하, 1977, 형설출판사, 158쪽
123. 조선을 되살리는 방책 -《단재 신채호 전집》 개정판 하, 1977, 형설출판사, 160쪽
124. 아무것도 가진 것이 없는 우리 -《단재 신채호 전집》 개정판 하, 1977, 형설출판사, 161쪽
125. 나이 사십을 지나다. -《단재 신채호 전집》 제7권. 독립기념관 한국독립운동사연구소, 2008, 746쪽
126. 나라를 망하게 하는 대한제국학부(교육부) -《단재 신채호 전집》 개정판 별책, 1979 재판, 형설출판사, 124쪽
127. 조선의 도덕과 이념이 되어야 한다. -《단재 신채호 전집》 개정판 하, 1977, 형설출판사, 26쪽
128. 나는 거꾸로 서서 죽겠다. -《단재 신채호 전집》 개정판 하, 1977, 형설출판사, 23~24쪽
129. 김춘추와 《별주부전》 -《단재 신채호 전집》 개정판 상, 1977, 형설출판사, 324-325쪽
130. 조선인 무산자와 일본인 무산자가 같지 않다. -《단재 신채호 전집》 개정판 하, 1977, 형설출판사, 29쪽
131. 선과 악이 무엇이냐. -《단재 신채호 전집》 개정판 하, 1977, 형설출판사, 127쪽
132. 노예도 사람이냐. -《단재 신채호 전집》 개정판 하, 1977, 형설출판사, 128쪽
133. 저주란 무엇이냐. -《단재 신채호 전집》 개정판 하, 1977, 형설출판사, 128쪽
134. 저주는 약자의 거룩한 무기다. -《단재 신채호 전집》 개정판 하, 1977, 형설출판사, 129-130쪽
135. 대한민국 임시정부 이승만 대통령을 탄핵한다. -《단재 신채호 전집》 개정판 별책, 1979 재판, 형설출판사, 64쪽
136. 금강산 -《단재 신채호 전집》 제7권, 독립기념관 한국독립운동사연구소, 2008, 723쪽
137. 고려영 -《단재 신채호 전집》 개정판 하, 1977, 형설출판사, 404쪽

138. 잘못 -《단재 신채호 전집》개정판 하, 1977, 형설출판사, 398쪽
139. 역사를 읽고 -《단재 신채호 전집》제7권, 독립기념관 한국독립운동사연구소, 2008, 718쪽
140. 안태국과 작별하며 -《단재 신채호 전집》제7권, 독립기념관 한국독립운동사연구소, 2008, 715쪽
141. 기생 연옥에게 선물하는 시 -《단재 신채호 전집》제7권, 독립기념관 한국독립운동사연구소, 2008, 714쪽
142. 가을밤에 -《단재 신채호 전집》제7권, 독립기념관 한국독립운동사연구소, 2008, 713쪽
143. 백두산 가는 길 1 -《단재 신채호 전집》제7권, 독립기념관 한국독립운동사연구소, 2008, 712쪽
144. 백두산 가는 길 2 -《단재 신채호 전집》제7권, 독립기념관 한국독립운동사연구소, 2008, 712쪽
145. 섣달 그믐밤에 동지들과 -《단재 신채호 전집》제7권, 독립기념관 한국독립운동사연구소, 2008, 711쪽
146. 북경에서 -《단재 신채호 전집》제7권, 독립기념관 한국독립운동사연구소, 2008, 717쪽
147. 분하다 -《단재 신채호 전집》제7권, 독립기념관 한국독립운동사연구소, 2008, 710쪽
148. 가르침 -《단재 신채호 전집》제7권, 독립기념관 한국독립운동사연구소, 2008, 724쪽
149. 안창호에게 보낸 편지 1 -《단재 신채호 전집》제7권, 독립기념관 한국독립운동사연구소, 2008, 743쪽
150. 안창호에게 보낸 편지 2 -《단재 신채호 전집》제7권, 독립기념관 한국독립운동사연구소, 2008, 744쪽-745쪽
151. 벽초 홍명희 형에게 -《단재 신채호 전집》제7권, 독립기념관 한국독립운동사연구소, 2008, 749쪽